抑留

―ソ連（ロシア）占領下の満州での二年間―

木村正則
KIMURA Masanori

文芸社

本書には、現在の人権意識に照らしてみると、一部差別的表現ととられかねない箇所がありますが、著者が故人であること、作品の時代背景を考え、原文どおりとしました。

目次

抑留

――ソ連（ロシア）占領下の満州での二年間――

出版にあたって

今でも時々、夢を見る。それはいつも同じ風景である。目覚めた時、その内容はほんの一部しか頭に残っていないが、雪景色の中に、必ず煉瓦でできた門と家がある。その風景は、まさしく私の作り上げた満州なのだろう。

私の家族は、昭和二十二年に満州から引き揚げてきた。私はその二年前に同じ満州の哈《ハ》爾浜《ルピン》で生まれた。父は満州電電の電話中継所の所長をしていて、当時としては良い生活をしていたようだ。それでも、終戦を迎えて、引き揚げの時は、ほとんど着のみ着のままの状態であったらしい。ほんの数枚しかないが、私の家には満州で撮った写真があった。よくみんなで見ては、その当時のことや、家のあった所の話を父母から聞かされた。私はその話を聞くのがとても楽しみであった。

母はもともと体が弱く、七十歳で亡くなった。亡くなる年のお正月にすでに末期のがんだったので、お正月は私たち娘たちが料理を作って持っていくつもりだったが、父から電話があり、お正月料理は持ってこなくていいというのである。母が満州で覚えた料理をどうしても作ると言ってきかないという。

半信半疑で私の家族四人が実家に行ってみると、テーブルにはピロシキが用意されていて、ロシアスープ、パオズや水餃子が次々と出てきた。私の家族は「おいしい、おいしい」と言いながら喜んで食べたが、私はなんだかこれが母との最後の晩餐にならなければいいがという思いがふっと心によぎった。冬を何とか乗り越えたが、私の恐れは現実になり、その年の五月に母は亡くなった。

確かに満州は父と母にとっては出会いの場であり、ともに苦労して、引き揚げという大仕事を果たした思い出の場所であったのだろう。両親にとってはどうしても忘れることのできない、命を張った経験だったに違いない。

母が亡くなってから、私が使い古したパソコンを破棄するつもりであることを話すと、父がそれを持って行った。その後すでに八十歳を過ぎたころ、一人で使ったことのないパソコンで満州について書いたので、本にしたいと言ってきた。当時私は夫を亡くし、体調を崩し、入退院を繰り返していた。父の要望にはすぐに応えられなくて後回しにしていた。そうこうしているうちに父が亡くなってしまった。

昨年私は、体調の悪化で何度かの手術の後、ふっと痛みの中で、父の望みを実現していないことに気づいた。何人か読んでくださった方々の後押しもあって、退院できたらまずは父の本の出版に取り掛かろうと決めた次第である。

ロシアとウクライナの戦争のさなか、父の本が忘れかけていた戦争を顧みることとなった気がしている。

二〇二二年九月

山中　れい子

まえがき

中国残留孤児の肉親捜しは、このところ、毎年二回から三回と、年を追うにつれ、その回数も増えてきつつある。

今まで日本国の歴史上、味わったことのない敗戦の苦汁と、そのうえ、異国の地に孤児として取り残され、心細い思いで辛苦を重ねてきた人びとである。この人たちが肉親に一目会いたさに、祖国へ来てはみるものの、なにしろ戦後すでに五十一年の歳月が流れており、人それぞれの事情から孤児となったのであって、今ではもうこの世には亡い両親もあれば、故あって会えない人もあり、あるいはまた、事情があって逡巡《しゅんじゅん》している人もいるであろう。そのため、捜し当てることができず、失望して中国へ帰る孤児のテレビ放映を見る度に、つくづく難しい問題であると思うのである。

私たち旧満州国に在留していた者は、ソ連軍の占領で終戦を迎えたのである。そのため、中国政府とソ連軍との二国占領ということになって、それなりに対応も単純なものではなかったのである。

第二次大戦も、日本の敗戦が濃厚となってきた時、ソ連が一方的に日ソ中立条約を破棄して、なだれ込むように侵入してきたのである。そのため、無防備に等しかった旧満州は、瞬く間に蹂躙《じゅうりん》され、敗戦国民となってしまったのだった。

そうして、その日から、在満日本人の苦難が始まり、特に奥地にいた人とか、開拓団の人びとは、筆舌に尽くせない苦労を重ねたのである。それでも、その苦難に耐え、どうにかして早く日本へ帰りたいという一途な願望で、貧困、不衛生からくる病気との闘いと、それに加えてソ連兵の暴行を防ぐことや、また、地元住民の襲撃もかわさなければならないなど、全く味わったことのない苦労を重ねたのである。このように、もっぱら一日も早い帰国の機会を待つという、その望みだけを生きがいにした日々であった。

そのうえ、満州の中でも北満は、中央軍（蒋介石支配）と中共軍（毛沢東支配）との勢力争いの場となって、その内戦が永く続いた所である。

その紛争の影響を受け、中央軍支配下では日本人の引き揚げが始まっているというのに、ここ北満では、まだ戦火の真っ只中にあった。いつ終わるとも知れない内戦に、地元住民も困惑しきっており、一日も早く中央軍が入城して来ることを、心待ちにしているようであった。そうして、私たちにも、

「もうしばらく待ちなさい。中央軍が近くまで来ており、入城ももうすぐで、来れば良くなるから」

と言って、慰めてくれる人びとも多かったのである。

私たちの住んでいた陶頼昭《タオライチャオ》という所は、旧満州鉄道（その昔は東支鉄道ともいっていた）では新京《シンチン》（今では長春《チャンチュン》）と哈爾浜《ハルピン》とのちょうど中間に位置し、ここからはまた楡樹《ユーシュー》という所まで支線も出ていて、交通では要衝の地である。

この町から鉄道で一区南約五キロメートルに、松花江《スンホワァチアン》という小さな町がある。この町と陶頼昭の間を松花江の町寄りに哈爾浜市を経て、やがてソ満国境の黒龍江《ヘイロンチアン》（ソ連ではアムール河という）の大河と合流する松花江の上流が流れている。その河を境にして、北進する中央軍と南進する中共軍が遭遇し、北進をくい止めようとした中共軍が、そこに架けられた鉄橋を爆破してしまった。そうして、この松花江を挟んで両軍が対峙し、戦いは膠着状態となって、永い間の戦場と化したのである。

そのため、私たちの居住している陶頼昭から北は中共軍の支配下に、一区南の松花江から以南は中央軍支配下となって、交通としてもこの重要な鉄道が、ここで完全に二分されてしまった。その河を挟んで両軍が毎日発砲し合い、銃声の絶え間がなかった。時には密集している住宅の庭先に、迫撃砲弾が撃ち込まれ、砂塵が舞い上がったりして、恐怖に脅えていた。

もう、世界は戦争が終わって、平和に酔い痴れているというのに、ここではまだまだ戦塵の中という不幸な状況であった。

それというのも、ソ連軍の占領当時、本来ならば正規軍である中央軍へ引き継ぐべきものを、その正規軍の入る前に、ソ連が支援している中共軍と入れ替わってしまったからである。

そうした事情から、松花江から南は中央軍へと正規の移管がなされているのに、ここから北の方は中共軍へ引き継いだまま、ソ連軍は撤退してしまった。

ソ連としては当然予定の行動で、あらかじめ計画していたことであろう。このソ連による援護で、正規軍でない中共軍、いわゆるこの時は賊軍である中共軍が、ソ連軍に代わり北満の支配をすることとなったのである。そうして、逐次南の方へと勢力を広げ、ついに正規軍が敗退し、賊軍が強くなって国全体を支配する結果となり、内戦は終了し、現政権となった。考えてみると、昔ながらの武力による強者の論理で正邪が決まってしまい、今までの正規軍が逆に賊軍となったのである。

このように北満は、ソ連軍の侵入から国共内乱へと続いて、永い紛争の場となった。交通の便のない開拓団などでは、戦争中に若い男性は召集されて、働き盛りの男はいなくなり、後に残された数少ない年老いた男性が、女や子供を守ろうとして逃げ切れずに、かえってその人たちが、大きな被害を受ける結果ともなり、残留孤児の原因ともなったようである。

またこの他、残留孤児となった原因には、いろいろあると思われるが、みんなで真実を語れば、驚くようなことばかりが明るみに出てくることと思う。私たち留用者でさえ、恐怖と苦労の連続であったから。その人たちからは、さらに悲惨な様子が語られることだろうと推察している。

このような永い無秩序から、満州は南中国に比べ、在満日本人がよりひどい苦難に遭ったのは当然であろうし、中でも北満に在住していた我々が不運として諦めるほか、どうしようもなかったのである。私の家族は異国での敗戦に遭いながらも、幸い、一人も欠けることはなかったけれど、一方では、地位とか、財産といったようなものは一切失い、尾羽《おは》打ち枯らして帰国となった人も多かった。私の子供も今はちょうど残留孤児たちのような年齢になり、テレビを見ながら当時のことをあれこれ思い出している。しかし、当時の真実の記憶も段々と薄れてくる。報道関係も時たま事実と違ったことを伝えたりするなど、嘘が真実となるようなニュースはまことに残念でならない。せめて、私だけでも記憶のあるうちに、真実を語り伝えておこうと、幼稚な文ではあるが、記録に残したいと思った。また最近は、時にテレビなどで、苦しい逃避行をしてやっと日本へたどり着いた人々の、生の報告を見聞するようになってきた。私の体験は、その中でのほんの一部にすぎないが、もっとこの生の真実を、国に気兼ねや遠慮することなく、国民に知らせたいと願うのである。

そうして、真実を知ってこそはじめて平和と自衛への正しい対処が出来るのではないかと思う。

一九九六年十一月

1930〜40年代の中国東北地方（旧満州国）首都は長春（新京）であった

1　終戦

一　ソ連軍の侵攻

昭和二十年夏の頃になると、戦争も、敗戦が濃厚となってきたような思いがある。

山本司令官の戦死の報道を聞いた時、何かしら不吉な予感を覚えた。それは、私たちが小さい頃から教え込まれていた日本人には降伏は有り得ない、また、楠公父子《なんこうふし》が戦いで全員壮烈な最後を遂げた歴史上の話などから、大将とか司令官とかは捕虜ではなく、討ち死にするのが日本人の武士道であり、捕虜となって生き恥をかくな、とも言われていたからである。この伝統理念とでもいおうか、それが知らず知らずのうちに、心の中に染み込んでいて、こんな思いになったのだろう。

それから後は、日本の報道も、戦勝の報ばかりでなく、司令官の戦死とか作戦上の前線基地撤退とかいったような、基地の喪失報道も入ってくるようになった。本土決戦の憂色に包まれてきた頃、信頼していた日ソ中立条約をソ連が一方的に条約破棄して、火事場泥棒的な参戦をしたのであった。

そのため、日本はますます苦境に立たされてしまった。国と国との条約があり、当然攻めては来ないものと、満州の軍備はすべて南方とか内地へ転進させていた。その無防備同然のところへ侵攻してきたのであるから、たまったものではない。日本軍といえども応戦もままならなかったようである。

私は職業上、機械の点検とかモニターをしていたので、聞くともなしに聞こえてくるのが、司令部への情報である。ソ満国境に近い前線基地などから報告される内容が、

「応戦するにも武器はなく、到底応戦しきれないので、後退します」

というような進言連絡ばかりだったと思う。今まで南方の戦局ばかりに気をとられていたが、まさか、ソ連が攻めてくるとは――。信頼もしていたのに、〝寝耳に水〟とはこのことであろう。

「もうこうなっては日本も駄目だろう」

というのが、皆の一致した意見でもあった。

またこのような情勢の変化から、前々から言葉には出さないが、中国人たちの私たち日本人を見る目が変わってきたように見えていたが、この頃ともなるとあからさまにそれを

感ずるようになった。これはあながち私たちの気のせいばかりではない。彼らの方が、真実をより正確に知っていたからである。

二　通下《トンホワ》への退却

八月に入る頃には、日本の敗戦もますます濃厚となってきた。満州ばかりでなく、あちらこちらにある、基地の撤退が報道されるようになってきた。そんな時、本社から、

「所長は軍用トラックが迎えに行くから、その車に中継機を取り外して積み込み、それと共に乗車し、関東軍が転進して立て籠もる、東辺道《ドンビエン》の通化（朝鮮との国境に近いところ）に入れ」

との命令であった。

ソ連軍の侵攻が、こちらに向かって近付いてきているので、女・子供はどうしようかと、所員一同が協議し対策を考えている矢先に、この命令である。

私は進退きわまるとは、このことであろうと思った。家族を、危険が目の前に迫ってきているというのに、その真っ只中に放り出すことになるのだから。

仕事の関係から、軍人としての応召はなかったが、いよいよ、その応召と同じこととなった。軍への応召者も、さぞやこんな気持ちであったろうと、思いを馳せた。今までは人ごとであったものが、私の身の上にもやってきたと思うと、複雑な気持ちになった。

「心配しないで下さい。後に残った我々が守りますから」

と、所員に励まされはするが、いざとなった時には、他人のことには構っておれず、まず自分であり、自分の家族であろう。せっかく励ましてはくれるが、本音を考えると憂うつになってくるばかり――。このような情勢ではやむを得ないことだと思ってはみても、諦めるに諦めきれない。だが、命令とあれば致し方なく、とるべき手段のみつからない心の動揺を抑えながら、準備を始めた。

運搬する機器を取り外し、服装も、もうこうなっては、どうせ残しておいても灰になるか、奪い取られてしまうのだから、できるだけ上等のものをと思って、モーニングの縞のズボンをはき、巻脚半という奇妙な出で立ちで、身の回りを整えたのである。

もっぱら心の平静を保とうと努めてはみるものの、言葉は少なくなるし、心の動揺はかくしきれず、話していても、震える言葉がそれを表すのである。そうした苦悩を抑えながら、どうにかいつでも出発できるよう準備だけは終えて、迎えのトラックが来るのを待つことにした。

しかし、一日、二日と待っても、軍用車は現れず、椅子に掛けていても落ち着かない。もう来るかもう来るかと、遠くからエンジンの音が今に聞こえてくるだろうと、耳を澄ましてみたり、外に出て遠くを眺めてみたり、じっとしてはおられず、焦燥と苦悩の明け暮れであった。こうして、いらいらしているうちに、とうとう三、四日が過ぎる。それでもトラックは現れない。いつ来ても、すぐに乗り込める態勢にしている体なので、夜もおちおちと眠れない憂うつな毎日であった。

こんなに遅れれば、もうそれまでにソ連軍が先に入って来るのではないだろうか。その場合の準備もしなければならないし、各人どこへ逃げ、隠れるか、毎日、刻々変わる情勢に合わせて、その打ち合わせもしなければならない。無防備に等しい国へ攻め込んで来たのだから、ソ連軍の進撃は早いものと考えなければならない。内地ならともかく、外地での敗戦だから生きた心地はしない。ソ連軍ばかりでなく、一般民衆からもいつ襲われるか、何しろ敵地に居るのであるから気が許せない。

このように気ばかり焦って、どう対処すれば良いかと考えてはみるが、良策は出てこない。結局、最後は破れかぶれといおうか、かえって居直る結果ともなり、来たら来た時さ！　という全くの投げやりの言葉となってしまうのである。

「ソ連軍だって人間、女・子供にはひどいことはすまい」

「いや、女はすべてソ連兵の慰み者にされ、残った子供は邪魔者となり、放り出されたり殺されてしまうんだ！」

などと、色々噂が飛び交うのである。また、兵士は毎日戦いで気持ちが荒《すさ》んでおり、日本人のように道義的な教養を身につけた者でも、ある程度のことをしてきている。ましてやソ連人といえば、体格からして違い、女性に対しては、日本の尺度でははかれない慣行もあるだろうし、性にはルーズで、恣意的なのは東洋人とは違うと思われる。

「ソ連人は強いぞ！」

というのが一般的にいわれている言葉であり、注意すべき警句だともいえる。何しろ、誰もこんなことは初めての体験であり、全く雲をつかむような、といおうか、何とも対処の方法が出てこなかったのである。

三　終戦の詔勅

待っても、待っても、とうとう軍用トラックは現れず、あの終戦の日となってしまった。

その日の朝、本社から、

「重大放送が打ち合わせ回線に流されるので、全員聞くように」

との指令をうけた。

重大放送とは何だろうと、想像してみてもさっぱり分からず、まさかあのような陛下の詔勅だとは、考えも及ばなかった。日本人には降伏は絶対に有り得ないものと思っていたから、そんなことは考えてもいなかった。

全員、打ち合わせ電話のスピーカーの前に集合し、待つことしばし。やがて、重々しい陛下のお声で終戦の詔勅が流れてきた。初めて聴く陛下のお声である。一同ただ呆然となり、涙ぐみ、しばらくは何もしゃべらず、気が抜けたような体たらくであった。

「これは本当だろうか、敵の謀略ではないだろうか？」

と、一人の職員から疑問の言葉が出る有り様であった。突然の陛下の詔勅といっても、陛下のお声を知らない我々には、にわかには信じがたいのも当然であろう。

「せっかく今まで勝つために苦労してきたのに！」

と、すべての日本人は、残念といおうか、無念さで一杯であったことだろう。どうして

よいのかしばらくは何も手につかない、ろくに言葉も出ないといった放心の状態であったが、ようやく一時《いっとき》してから誰かが、

「ソ連軍が来たらどうなるだろう?」

無抵抗な敗戦国民となって、真っ先に出た言葉は、ソ連兵が恐ろしいという感覚から、口にしたこの一言であったのだ。その言葉に目覚めたように、一斉に皆でこれからの対策についての話し合いに移ったのである。

しかし、さしあたっては本社よりの指令を待つよりほかに方法はなく、今、この場合どう動いたらよいのか、早まったこともできないのである。未経験な我々は、日本人の少ない町なので、情報も余り入ってはこないし、どうしていいか判断が難しい。そこで、通信はまだ保たれていたので、それを頼りに、本社よりの情報を待って動こうということになった。こんな時通信が確保されているということは、心強く、人心に安心感を与えるものである。

詔勅後の不安感とか緊張感も、時がたつにつれ少しずつ、落ち着きが出てきた。よく考えてみると、たとえ通信は確保されていても、事が起これば遠く離れたところでは、到底緊急時には間に合うはずもない。けれども、通信一つの確保が万全ではないと知りつつも、

このように、極限に立った時の人間としての気持ちは、藁をもつかむ思いで、これに頼り、不安の中にも望みが持てるものだと思った。

重大放送の数日後には、勤めていた中国人も、日本が今度の戦争に負けたんだという情報を、彼らなりに、逸早《いちはや》く入手したらしい。それで、五人いた中国人のうち、一人は出勤してこなくなり、若い二人の中国人は、会社の講習所を卒業して配属されて間もない青年であったが、やはり、いつの間にかいなくなってしまった。年をとった二人だけが残って、この二人から私たちは色々と情報を得ていた。何しろ小さな町であり、日本人も少なく、到底先の見通しなど立つはずがなく、真に心細い生活が始まったのである。何といっても、こんな事は誰も初めての体験であるし、日本が始まって以来の初めての事であるから、困惑するのは致し方なかった。

2　ソ連軍の占領

一　ソ連軍の警備

終戦後しばらくは、平常と変わりない運営で、色々哈爾浜とか、新京、あるいは隣の中継所などの情報を聞くことができて、戦前と同じであった。記憶が薄れて日ははっきりしないが、確か十日程たった頃と思われるある日、本社から、

「この通信線はソ連軍が現状のまま、使用することとなったが、終戦後間もないのでまだ治安が悪く、その通信線を確保するために、ソ連警備兵をそれぞれの中継所へ配備させることとなった。そのため、中央中継統制所のS課長とH職員の二人が警備兵を案内して行くので、その時にはお金は幾らかかってもよいから、接待の食事を用意するように」

との連絡がはいった。

いよいよソ連軍が占領することになったのか、我々はこれから、ソ連軍の通信線保守に駆り出されることになったのかと、しみじみ敗戦の実感を味わうこととなったのである。

これから先はどうなるのか分からないが、

「これで助かったんだ」

と、ひとまず落ち着きを取り戻すことができた。

しかし、警備兵がついても、その警備兵なる者が心配で、

「どんな無理難題を出されるか分からない」

と、所員の一人が言っている。

何しろソ連人とは、初めて接する人ばかりなのだから。そのうえ敗戦国民でもあるから、そのような疑心暗鬼にもなってくる。そんなこと取り越し苦労であるといえば、そうかも知れないが……。とにかく考えすぎてもしようがない。

「そういうことは警備兵が来てからうまく対処を考えようよ」

と、いうことにした。しかし、そうはいうものの、私も心中は穏やかではなかった。今は職員の不安を募らせるような言動は慎まねばならないし、今の情勢ではこの程度のことしか言えなかったのである。

新京—哈爾浜間長距離ケーブル埋設図

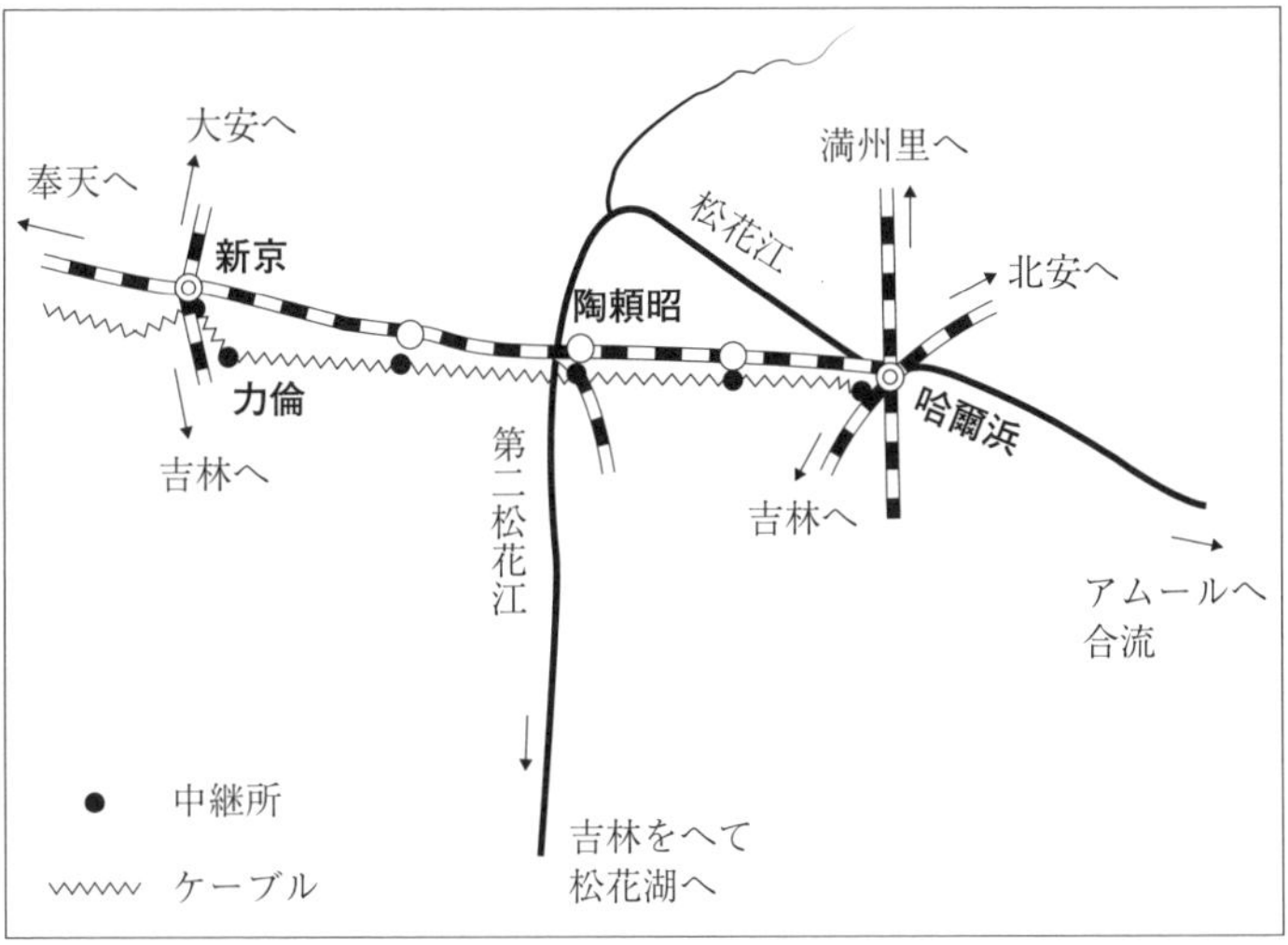

二　ソ連警備兵の接待

接待命令に対し、その方法を職員と相談した、何しろソ連人と接するのは初めての人ばかりで、その中で、私だけが哈爾浜にいた時、白系ロシア人の家に間借りしていたことがあり、また、哈爾浜の電報電話局に勤務していた時は、白系ロシア人の技術者を使っていたので、言葉は勿論、慣習とか、嗜好など多少は分かっているつもりなので、それ程心配はしていなかった。

彼らにはロシア料理をと考えてみても、場所柄、到底注文に応じてくれるような店などあろうはずがなく、結局、田舎町の料理となってしまう。しかし、たとえ特別料理を注文したとしても、果たして満足のいく接待ができるだろうかと心配でならなかった。そうかといって、他に手だてがあろうはずがなく、やむを得ず指令どおりに、この町でも一番大きな中国飯店に特別注文をして、多種多様なたくさんの料理を準備したのであった。また、それとは別に私だけの考えで、哈爾浜にいた時、やはり、白系ロシア人から習い覚えたスープを作って出してやろうと、私のところで釜一杯作っておいた。これも本物というには程遠く、即席であり、また材料不足のうえ見様見真似で作ったものだから、お気に召すかどうかは分からない。けれども、特別料理に添えて出すことにした。これが私たちにできる精一杯の準備というものであった。

案内されて到着した警備兵は四名であった。その内訳は、日本軍の階級で言えば、軍曹が一人、これがリーダー格で、次に伍長が一人と兵二人である。その伍長は東洋人で、聞くところによるとモンゴル人ということであったが、詳しくは話してくれなかった。リーダーの軍曹は小学校の先生とかで、応召により従軍したとのことである。その他、兵の二人は話し掛けても喋らず、話すのはもっぱらリーダーだけで、たまに伍長の東洋人が話にのってくるだけであった。

こうしてほんの少し話をしただけで、彼らもおなかが空いていることだろうと思い、早速準備した夕食のテーブルに案内した。

とにかく着いた時は、お互いに気心が分からず、立ち入った話もできないし、警備中の起居についての注文を聞く程度であった。

案内役のSさんの言うには、

「何もしなくてもいい。ただ起居する部屋だけ与えれば、それで結構だから」

そうしてまた、

「これは彼らの指令部からの命令でもあるので、彼らもよく心得ているから、気遣いはいらないんだ」

ということであった。

部屋は機械室の隣で、ちょっとした広い一室を提供した。食事が済むと、

「部屋に入りたいが、部屋はどこか?」

と、催促された。もっとも彼らとしては、言葉の通じない私たちといつまでもいたくないのであろう。そう考え、言われたとおりすぐ部屋に案内し休ませた。

彼らが引き上げた後を見てみると、せっかく大金を使って特別調理させた料理も、殆ど手が付けられていない。それにくらべ、私のところで作ったスープは、あの大きな釜一杯のものが、すっかりなくなっていた。そういえば、食事中もスープを飲みながら、

「オーチン、フクースナ（とても、美味しい）」

の言葉が出ていたようで、大変お気に召したようであった。それで殆ど手のつけられなかった高価な中華料理は、やむを得ず、所員一同に分配して後始末をした。職員は思わぬ大盤振る舞いに大喜びであった。

言われたとおり、衣食については一切配慮しなかったので、不自由ではないかと気掛かりだったので、翌朝、彼らの部屋を見に行くと、ちょうど朝食を摂っているところだった。その朝食はと見ると、彼らの常食である黒パンに、ゆで卵、それにお茶である。お茶は、彼らは紅茶なのである。これが彼らの野戦食であろう。寝具はそれらしきものが見当たらなかったので、聞いてみると簡単な寝袋に入るのだと言って、取り出して見せてくれた。

「それでは寒くはないのか？」

と聞いてみるが、彼らは慣れたものらしく、

「ニエート（いいえ）」

の返事がくる。このようにして少しずつ彼らと話し合いながら、お互いに気安さを引き出そうと心がけたのであった。

さて、いつまでこの警備が続くのか、この時点では予測も難しい。しかし、一切気配りは必要ないとは言うものの、町では日本人に対してソ連兵とか住民による略奪があって、あちらこちらの日本人の家が荒らされている時でもあるから、

「警備兵にはある程度の接待が必要ではないだろうか？」

という意見が職員の間から出てきた。

「それじゃ、あの時スープをよく食べたので、一日一回でも出してやってはどうだろうか？」

と、他の職員の意見。

「しかし、それをやるにしても、所長一人で毎日やるのはいつまで続くか分からないし、大変なことだから、我々も交替でやろうじゃないか！」

「作り方を教えてもらえればできるから」

ということで意見がまとまり、しばらくこの形でやってみることにした。

三　略奪

このように警備としてソ連兵が入って来たことで、ここの中継所は治安安泰となったのである。

しかし、町には治安維持のためソ連軍の部隊が駐屯していたが、そのソ連兵が日本人宅を荒らし、略奪しているとの風評が入っていた。本来は治安部隊で、警備すべき占領軍であるのに、これが真っ先に荒らし廻るので、日本人の家は手の施しようがなく、何とかしてうまく逃げ回るより他に手だてはない。特に女性は髪を切り男装してみるが、そのうちに見破られてしまうということであった。

この部隊の編成はおおよそ一個中隊。隊長の階級章を見ると、日本の佐官の肩章に似ている。彼らの編成は、日本の軍隊に比べると、尉官も上級か佐官の下級ぐらいと思われ、中隊程度の部隊。この部隊が治安を受け持っており、司令部は陶頼昭の駅舎を占有して、そこに置かれていた。

町から三キロメートルぐらい離れた所に、黒川開拓団と名付けられた岐阜県の関出身の入植者村落があり、日本人の集団としてはここが一番大きく、続いて満鉄の陶頼昭駅、電話中継所、電報電話局、気象観測所、町役場、それに、配給関係を取り扱う商店といったところに日本人がいたが、それ程人数は多くはなかったと記憶している。

また、この陶頼昭は吉林省《チーリンスェン》扶余県《フーユーシェン》の中の満鉄としては駅も大きく、機関車の石炭や水の補給基地ともなっており、人口はさほどでもないが賑やかな町だった。

敗戦後は私たち所員は危なくて町へ出られず、江戸時代の武士の閉門の身のようで、食料などの購入はもっぱら中国人の職員に依頼するより他なく、この中国人たちも今までの関係でよくやってくれた。

ソ連軍が警備についてからは、私たちのいる電話中継所は重要な所ということが理解され、町へ出てもかなり安全になってきたように思った。しかし、ソ連兵の略奪は相変わらずひどく、この中継所へも時たま中国人に案内させて入っては来るが、警備兵と話をしていたと思ったら、すぐに引き返した。恐らく、ここにも日本人の住宅があるからと、中国人が案内して来たのではないかと思われる。

四　中継所警備兵の略奪

ある日、私が町へ出た時、町の日本人から、

「中継所の警備兵が、満鉄の社宅とか、町の日本人の家に侵入し、略奪をして困っているんです。何とかして貰えませんか？」

と、突然そんな苦情を受け、当惑した。私たちを警備していてくれる警備兵が、町では悪者だという大変なことになっていたのである。

彼らは命令には忠実で、警備区域では私たちを実によく守ってくれ、安心して生活ができ、ソ連兵とか住民の襲撃略奪もなく、平穏無事に過ごしていたため町でのことには考え

も及ばず、それを聞いて驚いた。

さて、何とかできないものかといろいろと手だてを考えてみるが、どうにも名案は出てこない。それからは、私たちもそれとなく彼らの行動に注意していたが、そんなことをするようには見えない。リーダーと話していても、彼は小学校の先生なので、学校のこと、それに国で留守を守っている妻子のことなどを話したりして、そのような気配は全く窺い得ない和やかな日常である。どのようにして、いつの間に出ていってやるのだろうかと、怪訝に思えるのであった。

ある日私が夕食を済ましてから、彼らと雑談でもしようと部屋を尋ねた。入ってみると、何と！　ちょうど四人が略奪してきたであろうと思われる、日本人の着物とか時計などを見せ合いながら話しているところであった。彼らも、とんだところを見付かったと思ったのか、途端にそれらの物を自分の背後へ隠した。突然私が入っていったので慌てふためき、自分たちのしている悪事に対しての良心のとがめと言おうか、その咄嗟の動作がそれを表していた。人種は違っても、罪の意識がそうさせたのであろう。やはり人間は、人種の違いはあっても、人間感情は同じだと思った。そこですかさず、私が、

「それはどうしたのか？」

と、こんな時こそいいチャンスとばかりに、拙い言葉ではあるが話し合ってみようと考え、尋ねてみると、

「中国人から買ってきたのだ！」

と言う。そう言われてみると、私としてもそれ以上言えなくなり、追及できなかった。略奪と分かっていても、そう言われれば現場を見たのでもないし、また、今の私たち日本人の立場からしては、それ以上のことはできなかった。

略奪について職員である中国人に話すと、彼は、

「日本軍も同じように、酷いことをしている」

と言うのである。日本軍がそんなことをしたのか、私たちには分からないが、確かに大勢の中には、いろいろな人がおり、中国人の言うようにやっているとも思えるし、返す言葉もなく、ますます気が重くなるばかりであった。

略奪ということを考えてみると、戦争というものは、勝てば官軍負ければ賊軍とはよく言ったもので、その言葉どおりの辛酸を嘗めることとなってしまった。敗戦国民は、うまく逃げて苦難をかわすより他に手だてはない。歴史上中国人は幾度もの外国軍隊の侵入とか内戦とかで、戦場の経験をつんでいて、いやと言う程敗戦の憂き目に遭ってきたのであ

る。それに比べ日本人は、初めての敗戦であり、右往左往するのみで、どう対処してよいのか分からないのは当然であろうし、とても中国人のようにはなかなかうまくできない。けれども、度重なる苦難の来襲で、否応なく即応できるようになっていくことだろう。

五　逃避者の受け入れ

町の電報電話局には、私たちと同じ会社であっても警備は付かない。情勢が変化するにつれ、局長と職員の一人が日本人であるから危険で町にはいられなくなり、安全な中継所へ入れて欲しいと言ってきた。しかし、局舎は広くても入れることはできないので、社宅に雑居することとした。局長一家は所長宅で、職員の一家は所員宅に同居ということにして、受け入れたのである。

このことについては、中国人の職員も黙認の形をとり、スムーズに入居できほっとした。ところが、たまたま同じ日本人の気象観測所長一家からも、同様の依頼を受けた。何しろ警備兵の付いた一番安全な所であるし、また、日本人たちが一緒に固まることによって気強くもなるので、私としても同じ日本人として安易に受け入れた。ところが、引っ越しを

始めたところ、中国人職員からいきなり、

「所長！　これはどういうことか？　駄目だ！　電話局の人は同じ会社で致し方ないが、この人はそうじゃない」

と、荒々しい声で怒鳴られた。今までこの中国人から、こんな荒々しい言葉で言われたことはなく、驚いてしまった。さらに続けて、

「どうしても入れると言うのなら、自分の方から上部に電話して、あくまでも入れさせないから！」

と、強硬な態度である。

引っ越しの途中で私と中国人のやり取りを見て、話し声が余りにも荒々しく声高な有り様だったので、観測所長もびっくりして、

「私のことでしょうか？」

「そうなんですよ。貴方は駄目だと言うんですよ」

するとと即座に、

「それでは、皆さんにご迷惑をかけてはいけないから、私は取りやめますから。どうも済みませんでした」

と言って、また荷物を持って帰って行った。それで一応その場は収まった。

こんな場合、私たちではどうすることもできなくて、観測所長さんには大変申し訳ないことをしてしまったと、心残りで後味の悪い思いがした。

また、中国人との間が気まずいことになってしまったものだと、苦々しい気持ちであった。

今の私の立場はやはり以前と違っていることを、つくづく思い知らされた。考えてみれば、現在の私たちは一種の捕虜である。今までどおりに私が専決するのは間違っていたのである。従来どおりの勤務をしているから、終戦前と同じという錯覚で、思慮のない、軽率な行動を取ったものだと反省させられた。

あの時の中国人の見幕からすると、思い当たることもあった。それは、時々打ち合わせ電話で機務段長から、中国人を出せと言ってきて代わることがあった。長いあいだ話をしているのだったが、恐らくあちらからの色々な司令が出されていたのであろう。話の内容は分からなかったが、このような事件を振り返ってみると、それとなく監視されていたと思う。

確かに主権は私たちにはなくなったのだ。敗戦国で占領されているのだから。それで、このようなことも、まず中国人に伺うのが筋道だったのであろう。今後の行動には注意しなければいけないと思うのであった。

六　逃げ場のない女性を救う

またこの頃であったか、ある日、夕食を済ませて食後の談笑をしている時、私の家の裏側窓をドンドンと激しく叩く音がする。びっくりし、一体何事だろうと、脅えながらこわごわ、

「誰？」

と、声を掛けてみると、

「お願いです！　追われているから助けて下さい。かくまって下さい！」

と、小声ではあるが必死な日本人女性の声。窓を開けてみると、再度びっくり！　夜目にもはっきり分かる男装した女性が二人、辺りを見回しながら立っている。これは大変な事だ、何はともあれ辺りに気を配りながら、窓から引っ張りあげて家の中に入れ、茶を勧めて落ち着かせる。そうして、落ち着いたところで、

「これはまた、どうしたんですか?」

と、聞いてみると、

「ソ連兵の襲撃を受け逃げ隠れしていましたが、私たちの近所ではもう逃げ切れませんので、髪を切って男装をしたりしました。それでも危なくて途方に暮れていました」

と言うのである。そして続けて、

「ふと考えると、中継所はソ連兵の警備もいて、ここならと思って夜陰に乗じて逃げてきたんです。お願いします!」

と一気に話す。

この二人の女性は、満鉄の陶頼昭駅に勤めている事務員で、後で分かったのだが、その一人は私のところのS職員の恋人だった。二人の話から町ではそれ程までに危険が迫っているのかと、改めて危機感を強くした。

幸い、この中継所は警備兵つきの居住区ということで、今は安泰である。しかし、これもいつまで続くか、やがてソ連兵が引き上げれば、今度は町の人たちより以上の危険にさらされることだろう。そんな先のことを思うと、恐ろしくなり憂うつであった。

さて、この二人を、どういう方法でかくまうか、警備のソ連兵に見付かってはまずいし、また過日の気象観測所長の入居拒絶という問題もあって、中国人に知られては大変なことになる。そこで、とりあえず今夜は私の家に泊めて、明日の午後には中国人も帰ってしまうので、ソ連兵に見付からないように局舎の天井裏にかくまうことにし、しばらく様子をみることにした。この中継所の建物というのは、非常事態を予想して、鉄筋コンクリートで五十キロ爆弾にも耐え得るように造られており、その上が茅葺きで擬装されている。かくまうには格好の所と判断した。

このような耐爆建築物であるから、天井裏での物音は階下には聞こえない。食事と排便の世話さえしてやれば、相当長期にわたっても見付かることはあるまいと思った。そうして、折をみて新京へ逃してやろうと考えた。また二人の世話方は、恋人のS職員に受け持たせることにした。こうして約一ケ月余、苦しい逃避生活を続けた後、機会ができて二人を当のS職員が連れ、新京への列車に乗せることができた。まずは一安心。翌々日、案内していったS職員から、

「新京の引き揚げ者収容所まで無事送り届けました」

と、いう電話が入り、私たちも初めてやれやれと胸を撫で下ろしたのであった。

七　ソ連軍の戦利品と日本人捕虜

ソ連軍警備下で、かれこれ半年余りにもなるが、毎日平穏な生活が続いた。しかし、いつまでこの状態が続くのか、また、いつ帰国できるのかも全く見通しが立たない、その頃考えることは、この帰国のことばかりで、

「早く帰りたいなぁ！」

と、時々叶わぬとは知りつつも、帰国したいという切ない思いが溜め息混じりの言葉になって出てくる。

ここ中継所の立地は小高い丘の上で、その眼下を満州鉄道が走っていた。毎日、暇をみてはこの丘に立ち、眼下を見下ろしながら、いつこの列車に乗って南の方へ出られるのだろうと、望郷の念にかられては嘆息することしきりであった。

ある日のこと、中国人職員と共に、眼下を引っ切り無しに走る貨物列車を見ていた。哈爾浜方面に向かって北へ北へと通過して行く列車を見ながら、彼が話し掛けてきた。

「あの列車の中は何だと思うか？」

私には、中身が何かは知るよしもない。が、いろいろと想像しながら、

「ソ連兵の軍需品かな？」

「とんでもない。あの中はすべて機械だ！」

と言う。そう聞いても、私にはピンとこない。

「どういう機械なんだ？」

と、問い返すと、

「日本が作った工場から取り外した機械で、全部ソ連へ持って行くんだ」

と教えてくれた。なる程そういうことか。戦利品であったのかと、私もやっと納得できた。さらに詳しく話してくれるのを聞くと、それは主に、奉天《フォンテエン》とかその周辺など南満州地区の日本が作った工場地帯から、工作機械を始めとしてすべての機械類など、色々な戦利品をシベリア鉄道へと輸送して行くのだとのことである。

その後も、私たちは望郷の思いの方が強く、この戦利品輸送も半信半疑の思いで眺めていたものだった。

さらに中国人の言うには
「ロシア人は盗っ人だ！　本来は中国の物だ！」

と、興奮して話し掛けるのである。中国人からすれば、正にそのとおりであったろう。

そうしてまた、その貨物列車の中に日本軍将兵を乗せた兵員輸送列車が時々、南の方へ行くのならともかく、北へ北へと運ばれて行った。貨物同様、明らかにこれはソ連本国へ捕虜として連行されて行くのだと思った。貨物輸送がほぼ終わったのか、ある頃から、今度は兵員輸送の列車が増えはじめた。戦利品から捕虜と、実におびただしい貨物列車の本数であったと記憶している。

ある時、私は確かめようとさりげなく駅まで行ってみた。列車の運行はうまくいっていないようで、駅には日本兵を乗せた貨物列車が、三本、四本と停車していた。北進ばかりで、貨車のやり繰りやら先が詰まったりで、この駅に立ち往生しているのではないかと、私は想像した。

停車している列車を見ていると、日本兵ばかりである。降り立って背伸びをしたり、また、駅の所々には水道の蛇口があるので、そこへ飯ごうを持って大勢の人が水汲みに来る。

それで、その内の一人に話し掛けてみた。

「あなた方はどこへ行くのか知っていますか?」

「さぁ分かりません。恐らく転進して、日本へ帰されるのではないでしょうか？」

という返事である。

「とんでもない。貴方たちは捕虜として、ソ連へ連れて行かれるのですよ」

「そうじゃないと思いますがねぇ？」

「ここで逃げたらどうですか。逃げようとすれば逃げられますよ。集団だと、私たちではとても手助けできませんが、一人ひとりで、ばらばらと来れば、うまく手助けすることができるんですよ」

と話し掛けてみたが、私の言うことが信じられないのか、水を汲むとさっさと貨車に乗り込んでしまった。

兵隊さんもやはり、私と同様に敗戦の厳しさを知らないようであった。

八　ソ連警備兵の引き揚げ

ちょうどその頃、中継所の警備兵から突然、

「近日中に我々は、引き揚げることになったから……」

と言われ、いよいよ来るものが来たの感じで、

「どうして引き揚げるのか？」

と、聞いてみると、

「もう戦争は終わったので除隊するのだ」

と言う。

「貴方たちが引き揚げた後は、代わりの警備兵が来るのか？」

と、問うと、

「もう誰も来ない。今では危険もなくなったので、警備は不要である」

との返事。これは困ったことになったと思った。彼らがいなくなった後どうしたらよいものか、と憂うつになってくる。ソ連兵の彼らには、住民の襲撃なんて考えも及ばないことだろう。

「それじゃ駅の駐屯部隊もいなくなるのか？」

「それは私たちには分からない。まだ残るんじゃないか？」

こうした話の様子から、どうも通信隊だけの引き揚げらしいことが分かってきた。

そうなってくると、住民の他、ソ連兵の略奪暴行も考えなくてはならない。怖くなり、

これは大変なことになってきたものだと、困ってしまった。何とか策を講じなければと考え、もう一度何とかならないものかと、話し合ってみることにした。しかし、話の中でソ連兵の暴行がとも言えず、本当はソ連兵が怖いのであるがそれを抑え、

「貴方たちがいなくなれば、もう私たちはここにいられない。住民の暴行を考えると、とても仕事どころではないから」

じっと私の話を聞いている彼らの中でも、外蒙兵が最も私たちのことを心配していてくれるふうで、しきりにリーダーに進言し、しつこく話し続け食い下がるといった熱意に、リーダーもやむなく、通り一遍の回答もできず、腰を上げることとなったようである。

「それじゃ、我々の引き揚げた後は、警察の警備を置くよう私が警察所長に申し入れてくるが、それではどうか？」

と言ってくれたが、私としてはソ連兵の暴行などが懸念され、

「警察ではとても信頼できないから、町のソ連司令部と話し合って、そちらから警備に来てくれるようにして欲しい」

と言ったが、

「それは自分たちと命令系統が違うからできない」

ということであった。傍らで私とのやり取りをじっと聞いていた外蒙兵が、私の心痛の様子を見兼ねて、盛んにリーダーに司令部と話し合ってみたらと進言してくれるのである。また、その他によい方法はないものかと言ったりして、本当に親身になって心配してくれる彼の様子を見ると、人種というものの近さを感じうれしかった。他の兵二人は知らぬ顔の半兵衛を決め込んでいるのに、その外蒙兵だけが、上司に食い下がっている様子には感動をおぼえた。同じ東洋民族だという同族意識、そんな深層心理がこの場に出てきたのだろうか。

考えてみると、彼も兵舎では白色人種の中にいる黄色人種。社会主義国では人種差別はないと言われるが、それはたてまえ上の美辞麗句。実態はさまざまな差別に遭っているのではないかと、かえってこの人に同情を持ったのである。

人間は、たてまえどおりに動くのではなく、現実は人種差別はなくなるまい。歴史上の幾多の戦争も、元はこうしたところから始まる。たとえ、その時は征服はできたとしても、そんなにたやすく被征服者の意識を変えることはできない。

二、三日こうしたことでいろいろ話し合ってみたが、結局、詰まるところは警察官を一人配備することで落着した。私としてはソ連兵一名の常駐を強く要望したが、聞き入れてもらえず諦めざるを得なかった。

彼らの引き揚げの前日、リーダーをはじめ、彼らが永い間警備をしてくれたので、所員一同で、何かお礼をしてやろうということになった。彼らが最も欲しがっている腕時計とか、ドイツ製のゾーリンゲン（世界最高の刃物の代名詞）などを見せプレゼントしようとするが、そういう物は欲しくないと言い、

「それでは、この他に何か欲しい物はないか?」

と聞いみても

「何も要らない」

の一点張りであった。

もっとも今までに、略奪のし放題で物持ちになり、帰った時の土産にする物は持っているだろうからと、口には出さないが心中そんなことを考えてみるのであった。幾度も、プレゼントするからと言っても、頑として断りながらリーダーの言うには、

「何も要らないが、ただ一つ、貴方たち家族全員の入った写真が是非欲しいので、それを一枚くれないか?」

と、思いもよらぬ要求であった。こちらから、やろうとする物は再三にわたって固辞し、

欲しかったものは写真一枚だったのかと、奇異に感じたのだった。なおも続けて彼の言うには、

「俺は小学校の教師だから、生徒や家族にこのような日本人と共に生活してきたことを話してやりたいから」

と、その理由を言うのである。それではと、要求されたとおり写真ブックから剥がして、軍曹と伍長の二人に渡してやると、大変喜んで受け取り、大切そうにポケットにしまいこんだ。

翌日の朝方、彼らが引き揚げる前に、警察の警備員を一人連れてきて、

「これから毎日警察官一人が、警備に当たることになるので、どんなことでも相談したいことや欲しい物があったりした場合は、警察署長に話しなさい」

と。また、署長にここの事情を詳しく話しておいたから、もう心配しないようにと、大変気を遣ってくれたようだ。こうして万全ではないけれども、後の手配だけはちゃんと済ませて、彼らは除隊というので、いそいそと大喜びで引き揚げて行った。

いくらソ連兵でも長い間共に生活していると、人情が出て、やはり別れが辛い気持ちに変わりはない。彼らも同じような気持ちなのか、何となく声もしめっていたし、除隊の嬉

しそうな顔の中の瞳は寂しそうだった。

3　警察の警備に代わる

一　警察の警備

警察の警備になってから、警備員一人ではなんとなく心もとない気持ちで二、三日が過ぎたある日の夜、私が中継所で警備員と話し合っている時、家内から電話が入り、

「早く来てよ！　一大事よ！　今住民の襲撃で、内側から電話局長と総動員でドアをしっかり支えているが、もう持ちこたえられそうにもないから、早く警備員を社宅の方へまわしてよ！」

と、これは大変だ。心配していたとおりいよいよ来るものが来たのかと、平常心ではない。すぐ警備員を促しても腰を上げない。恐ろしいのか、それとも住民との馴れ合いなのか、全く頼りにならない警備員である。仕方なく、私が警備員の手を引っ張って、むりやり表まで連れ出したが、それでも一向に動こうとしない。やむなく、私が警備員の手をとって、銃を空に向け発砲させた。数発撃ってやっと住民は四散して逃げた。

早速、社宅に帰って妻の話を聞いてみると、まず最初に、

「戸を開けろ！　俺たちはロモー（ロシア人のこと）だ！」

と言って戸を破ろうとしたので、一大事と電話に及んだとのことで、生きた心地はしなかったと、その時の恐ろしさを繰り返し訴えた。そして、必死で入り口のドアを押さえていたという。

前々から心配していた住民の襲撃が、ソ連警備兵の引き揚げた直後に、しかも警官の警備がいるにもかかわらず行われ、警察の警備の信頼できないことが現実となって現れたのである。

翌朝早速、署長を訪ね昨夜の一部始終を報告し、もっとしっかり警備をしてくれるよう申し入れをした。ところが、静かに聞いてはくれたが、

「よし、よし」

と、頷いたのみで、まことに頼りない。

考えてみれば、所詮は同じ穴の貉《むじな》というべきで、当てにする方がおかしいのだが――。

昨夜の警備の様子にしても、私が引っ張り出さなければならないような警備員では。

ひょっとすると事前に彼ら同士で、ある程度の話し合いがついていたのではないかと、勘

ぐってみたくもなる。

昨夜のことを踏まえ、安心して仕事のできる手段はないかと、毎日悩み続けた。今夜もまた襲われはしないか？　不安な日々であった。

二　ソ連兵三名の略奪

それから二、三日後、今度はソ連兵が三名、その内一人は将校で、通訳を連れてやってきた。その通訳たるや、町役場から派遣された公的な中国人通訳で、これにはびっくりした。

通訳帯同で将校が兵二名を連れているので、何か通信関係の用件で来たんだろうと思った。しかし、その将校はブツブツつぶやきながら近付くと、いきなり私の胸にピストルを突き付けるではないか！　思わずホールドアップさせられて、

「時計を三個出せ！」

と、脅迫するのである。度肝を抜かれたとはこのことで、ピストルの銃口を突き付けられたのは、それこそ生まれて初めて。私の顔からは血の気がひき、青ざめ、恐ろしさに震

え上がってしまった。それでも落ち着け落ち着けと心に言い聞かせながら、相手の顔を見ていると、多少酒臭く酔っているようだ。よし、これなら何とかなると考えた。そうすると、少し心が落ち着いてきた。そこで、震えている気持ちを抑えながら、もう少し彼らの話を聞いてみようと、応接椅子に掛けさせた。すると、拳銃をテーブルの上に置いていきなりまたも、

「時計をここへ持ってこい！」

と、通訳をとおして要求する。そこで私は、通訳にというよりもその将校に、

「時計はもう以前に貴方たちと同じソ連兵が来て、取られてしまってない」

と、言うと、

「まだ他に日本人がいるはずだ、それらの物を持ってこい！」

と言って、ますます居丈高になる。

ソ連兵たちと私が話し合っている隙をみて、職員の一人に社宅へ危険を知らせるよう走らせた。

以前から危険が迫った時はまず、女は何はさておいても床下に隠れるよう、打ち合わせ済みだったのでその連絡をとった。ソ連兵をはじめ誰が来ても、直接社宅に行くことはま

ずない。その前に中継所に入ってくる。まさか後方に社宅が並んでいるとは見えない。倉庫か納屋に見える。局舎は鉄筋コンクリートの二階建てで、さらにその上は茅葺きの擬装がなされている。その背後にあり、木造でもある建物は、彼らから見れば、社宅だとは考えにくい。それが私たちには幸いであった。そんな環境にあるから、今まで直接社宅の方へ行ったことはなかった。しかし、それを知られてしまえばもう駄目。そうなった時はまた別の対策を考えなければならない。

その日も、もうこうなってはできるだけ社宅の方へは行かせないようにと、必死で苦しい応対を続けた。時計が奪えない彼らはとうとう家捜しをすると言い出し、私に銃口を突き付けながら、所内の宿直室へ案内させられた。宿直室へ入るとまず、押し入れの中を物色しはじめ、布団など手当たり次第に放り出したり、押し入れの上は袋棚になっているから、その襖を荒々しく取り外し、整頓してある荷物を全部引きずり下ろしてしまった。そこには、応召になった職員の柳行李が五、六個保管してあったが、ついには、その中身を全部、足の踏み場もない程放り出し、投げ散らかして探しはじめた。たまたまその中に、出征軍人が持っている国旗に寄せ書きしたものが出てきて、それを取るや否や私の胸目掛けてぶつけるのである。そして、

「これは何だ！　日本の国旗じゃないか！」

と、荒々しく言って、その国旗を怒りながら畳の上に二度三度と投げ付け、揚げ句の果てはその国旗を泥靴で怒りにまかせ、憎々しげに、

「イビヤマーチ！」

と悪口を叫びながら、何回も何回も踏みにじり、また投げ付けたりして、憎しみを国旗にぶっつけ当たり散らしていた。

こんな屈辱感は、敗戦国民でしかも戦勝国の中では毎度のこと、心中穏やかではないが、どうすることもできない。ただもう忍の一字に尽きるというもの……。

結局、家捜ししても欲しい物は出てこず、また、応接室へ戻り椅子にかけ何か独り言を言っていたが、そのうちに今日のところはどうやら諦めたらしく、

「明日の朝までに時計を五個、ここに持ってきて置け！　取りに来るから」

と、捨てぜりふ気味の言葉を残して、引き揚げて行った。

やれやれとほっと安堵はしたものの、こんな襲撃まがいの踏み込みがあるとは、全く思いもよらなかった。私としては、てっきり何か通信関係の用件で来たのであろうと、丁重に応対するつもりでいたのに、いきなりピストルの銃口を胸に突き付けられるとは――。

全くびっくり仰天とはこのことで、恐ろしくてしばらくは口もきけなかった。まさかこんなことをするとは、私も油断していたと言えば油断であろうが、将校ともなれば常識もあり、しかも、兵二人と通訳まで連れているので、このようなことになろうとは思いもよらなかった。これからもこうした事態に遭うことであろう。心してかからねば……。

後になって考えてみると、あの国旗に対する憎悪に満ちた行動を見て、ソ連も兵士に対して日本への憎しみをあおりたて、よくもここまで徹底した敵対意識を教え込んだものよと、感心させられたものだった。

4　駐屯ソ連軍の警備に代わる

一　駐屯司令官による探索

先程のソ連兵の踏み込みがどうも我慢ならず、我々はソ連軍の通信を取り扱い、ソ連軍のために働いているのに、こんな仕打ちが返ってくるとは何たることか、人でなしと言おうか、頭にくるという言葉があるが全くそのとおりで、カッカッとなって前後も弁《わきま》えず、それこそまっしぐらに町のソ連警備司令部へ駆け込んだのだった。そうして司令官に面会を求めると、案外思っていたよりも簡単に会ってくれたので、早速、

「今ソ連将校と兵二人の襲撃を受けた」

と、真っ先に出た言葉だった。続いて、

「私たちは貴方たちの通信線を取り扱っており、ソ連通信隊の警備下で仕事をしていたのだが、今度その警備兵が除隊のため帰って行ったので、その代わり警察官を配備していったのです」

「……」

「その警察官が警備しているにもかかわらず、早々にあなた方ソ連兵の襲撃に遭い困っている。こんなことではとても仕事ができないし、あなた達の通信にも影響しますよ」

と、精一杯の抗議を申し入れた。すると、こちらの拙いロシア語で以上のようなことを喋ったつもりであったが、どうやら了解できたらしく、じっと聞いていた司令官が、

「それでは今すぐ現場へ行くから一緒に付いて来い」

と言って、司令官自ら兵二名を連れて中継所に案内させられたのである。

着くとすぐ、

「どちらの方へ行ったのか！」

と聞くので、彼ら三人の帰った方向を教えると、そちらの方向一帯を兵に指図し手分けして捜索に当たらせたのである。

一時《いっとき》してから見付からなかったと言って帰って来たが、私は〝何が見付からないんだ、たとえ見付かっても恐らく同じソ連兵であり、見付からないことにしてしまっているのだ〟と、心にいまいましさが一杯で、なじってやろうかと、口元まででかかっていても言えなかった。敗戦国日本人の負の意識からだったろう。

それにしても、普通だったら行っても面会してくれないだろうし、たとえ話ができたとしても、適当にあしらわれて追い払われるのが落ちではなかっただろうか。

二　ソ連警備兵による警備依頼

その日の迅速な捜索を認め、捜し当てられなかったことも致し方ないとしても、今後のことについて話し合いをしようと、司令官を応接室へ通したのである。

「見てのとおりソ連軍の通信関係で働いているのに、今日のこのような恐怖の中では働けないから……」

「それでは、毎日一人ずつ交替ではあるが警備兵を出してやるから」

「そうしてもらえれば安心です。是非お願いします」

ということで、結果は警備兵をつけてもらえることとなったのである。

このようにして直接司令部へ申し入れた効果があって、翌日からソ連兵一名が常駐することとなったのである。そうしてまた司令官が、

「赤い布切れはないか？」

と尋ねるので、何にするんだろうと思ったが、とにかく言われたとおりに、

「ちょっと待って下さい」

と言って、社宅に帰り赤い布切れを探して持ってくると、今度は、

「この布地に書く墨はないか？」

と言うので、それなら事務室にあるからと、筆入れから筆と墨汁を出してやると、この赤い布切れにロシア語で、

「テレホンスタンツェ、エンジニル……」

と、書いたように記憶している。それに、司令官の署名を書き入れてから、今度は、

「鋏《はさみ》はないか？」

と、鋏を所望するので、筆筒から取り出して渡すと、布切れを私の腕に合わせて切り揃えると、私に、

「これをお前が付けろ、これを付けておればもう心配ないから」

と言うのである。それは結構だが、私一人では足りないから職員にも作ってもらおうと、

「これは私一人では足りないから、職員にも付けたいと思うがどうか」

と、要求したところ、

「これは所長一人だけだ」

という返事だったので、それ以上無理に要求もできず、結局、私一人が付けることとなったのである。私たち日本人から見ると、こんなちゃちなもので大丈夫かしらと思い、念のため司令官にもう一度聞いてみたところ、

「どこへ行ってもこれで大丈夫だ」

との答えが返ってきた。

そのためか、沢山の発行はできないらしく、所長一人だけに与えられることになったのである。それなりに権威のあるものだろうとも思われた。

それ以降住民の襲撃は絶えたが、ソ連兵は時々来るけれども、警備兵が出て話をするとすぐ帰って行ってしまうので、霊験《れいげん》あらたかということで、それからは安心して働くことができた。

三　警備兵留守中でのソ連兵来襲

ところが、たまたま一度、警備兵に所要ができて司令部へ帰っている隙に、下士官の肩

章をつけたソ連兵が一人入ってきて、やはりいつものことで、

「時計はないか？　出せ」

と言って、脅かしはじめた。全く一瞬の出来事であった。

早速職員一人を司令部へ連絡にやり、私がその応対をしていたが、やはり所内のあちらこちらを案内させながら物色しはじめ、ついに、

「家はここだけか？」

と聞かれ、言葉の通じない振りをして黙って後に付いていると、あちらこちらを見回しながら、ふと、局舎の窓越しに見える社宅に目を付けてしまった。とうとう、あちらへ案内せよと言い出し困ってしまった。しかし、もう見付かってしまったからにはやむを得ず、ソ連兵の言うなりにならざるを得ない。

しかし、ソ連兵が入って来た時の対応策は作ってあり、それを使って社宅に対してはいち早く危険信号が送られ知らされていたから、家族は逃げて打ち合わせどおり隠れていることとは思ったが、それでもまだまだ心配であった。

こんな時、近くの職員の家を案内するわけにはいかず、私自身の家へ案内したのである。入ってみると、案の定、危険信号により隠れたのであろう誰もいなかったので、先ずは一

安心であった。ただ、私の末娘（四女。長女は満州で六歳で死去）はまだ〇歳で、この子供だけが取り残され、寝台に寝かされたままで、ギャーギャーと火のついたように泣いているのである。私としてもどうすることもできず、それを見てソ連兵が、

「母親はどうしたのだ？」

と聞くので
「洗濯やら買い物に出掛けたのだろう」

と、苦しいとっさの答弁である。そこらを物色しながら、彼も赤ん坊をあやしてみたりするが、とても泣き止むものではない。一向に泣き止まないので、今度は抱き上げてあやしてみたりするが、やはり泣き止まない。そうしながらもいろいろと話し掛けてきて、なかなか帰ろうとしない。私はヤキモキして話を交わしていたが、そのうちに、赤ん坊は泣くし誰もいないので、とうとう諦めたらしく、何もせずに帰って行った。

早速、局舎に帰って先程司令部へ連絡にやった職員に、

「司令部への連絡はどうしたんだ」

と、問いただしてみると、

「行っても言葉がさっぱりできないので、行きませんでした」

との返事である。それだから何時《いつ》まで待っても警備兵が帰って来なかったのかと、怒ることもできなかった。私だってそんなに流暢に話せるわけではなく、それこそ単語の綴り合わせで、辛うじて通ずる程度なのである。それでも、たとえ片言であっても言葉が通ずるということは、こんな時得をするもので、今までもこの程度で対応ができたのである。言葉が通じなかったなら、もっと酷い目に遭っていたことだろうと思った。

四　社宅への危険信号

ここで、先程社宅に危険信号を送ったのであるが、その危険信号の操作方法を少し詳しく説明する。再三再四にわたってのソ連兵の来襲に備え、私たちが家族を守るために苦肉の策として作ったものである。

まず、各戸にスピーカーを取り付け、それを中継所の試験台ジャックに収容し、そこで一斉信号を送り込む手筈にしてあった。信号も手っ取り早く分かりやすい千サイクル信号を使うことにしたのであった。

侵入者があり、私が応対している間に、他の職員が仕事の素振りをして千サイクルジャックと各戸のスピーカージャックをプラグで接続する。危険が迫った時は断続音を送り、もう帰ったから出てきても良い時は連続音ということに周知されていた。こうして危険が予知されると、即刻手筈どおり社宅へ知らせるようになっていた。

それでは、他の中継所の様子はどうだろうかと聞いてみると、同じようにソ連警備兵は引き揚げたが、その後は警備もなしでやっているとのことであった。両隣の中継所は、町にソ連兵の駐屯部隊はいないので、その心配はないとのことであった。

それを聞いて、ここ陶頼昭は余程治安が良くない所であるのか、あるいは戦略的に重要地点であるのか、ソ連兵の駐屯部隊だけが余分であると、いまさらのごとく恨めしく思った。

それでも、こうした不安な町でありながら、何とか曲がりなりにも上手くやってきて、一年以上にわたってソ連警備兵を付けられたことは、住民にも、ここはソ連軍の電話関係を扱っている重要な所であるということが、周知されたことであろうと思われる。満鉄の宿舎も随分荒らされたような情報も入っており、また、町の日本人の家も殆どそうした襲撃に遭っており、外地での敗戦国民は本当に惨めなもので、屈従《くつじゅう》は当然のことのように強いられるのである。

五　民衆裁判にかけられた人々

冬になってくると酷寒の国では、当然暖房が問題になってくる。今まではその燃料となる石炭は、何の苦もなく手に入ったのであるが、戦後の我々日本人は、真っ先にこの入手に苦労しなければならなかった。私たちも、住宅は勿論、局舎の暖房も考えなければならない。

止むを得ないので、警察署長に相談を持ち掛け、配給を願い出たのである。すると署長は、

「それはお困りでしょう」

と、快く引き受けてくれた。

さて、その配給を受けるには、貯炭所《ちょたんじょ》まで取りに行かなければならない。それには先ず、運搬する車両を調達しなければならず、中国人職員に村落で荷車の借り受けをしてくれるよう頼み、彼らもまた石炭が必要なので奔走し、一式が調達できたのである。それに要する労役は職員全員で当たることにして、一冬分の量を確保し搬入できた。

運搬作業で貯炭所まで行く途中に、道路に沿った広大な土地があって、その中に新しく土盛りした小山が三つあり、その山を指さしながら中国人の職員が話し掛けてきた。

「あれは日本人三人が処刑され埋められている所だぞ」

と聞かされた。

処刑とは聞き捨てならぬと、詳しいことを問いただしてみると——。この三人とは、一人は町役場の日本人職員、満鉄の警乗長がもう一人、後の一人は配給関係を取り扱っていた商店主であるという。この三人が民衆裁判によって銃殺されたとのこと。処刑理由としては、町役場の吏員《りいん》は労役に中国人を駆り出したこと、警乗長は中国人を差別して酷いことをしたかどで、配給所の店主は日本人だけに食料の配給をして、我々中国人にはくれなかった、というのが主な処刑理由になったということであった。

中継所に帰ってからもなお中国人職員とこのことについて話をしていると、急に話題の矛先が私に向けられ、

「所長、おまえも民衆からやられるぞ」

と脅かすのである。

「どうして俺がそんなことになるのか？」

と反問すると、

「所長は以前に、中継所の敷地内に入ってきた豚を、追い払う時に殺した」

と言うのである。

それは戦時中本社からの指令で、広い中継所の敷地を食糧増産の一翼《いちよく》を担《にな》って耕作していたところ、実りの秋にせっかくできた馬鈴薯を、放し飼いの豚が食い荒らしているのを見付け、それを皆で追い回し、そのうちに職員の一人が近くにあった木銃を拾い、逃げる豚目掛けて投げつけたところ、それが、豚の後ろ脚に当たり跛《びっこ》をひいて逃げ去ったことがあった。それは私たちが民衆に対し無理難題を押し付けたり、あるいは他に何か悪いことをしたわけでもなく、

「放し飼いの豚が中継所の敷地に入り、作物を食い荒らしたので追い払ったまでのこと、せっかく作った作物を盗まれれば、それを追い払うのは当然だよ」

と、言い返したところ、そのことについてはそれっきりで、私に対しての危害はなかった。後で考えると、軽いジョークであったかとも思えるのであるが。町役場の職員にしても、不当な扱いをやったとか、労役に駆り出したとかいっても、その人が憎悪でやったことでもなく、上部からの命令で労役を集めただけだと思うのに、それで裁かれるとは、何

だか割に合わない話である。小さいことでも大きく取り扱われ、日頃のうっ憤がこの際とばかりに、このような形で晴らされているのだろうか。彼らはまた、人前で怒られたり殴られたりすることを特に嫌い、そんなことがあると、ひどく心を傷つけられ恨みをいつまでも心に残すのである。そうした人々が主になり、民衆裁判となってこのようなことになったのであろう。

民衆裁判というのは、被疑者を中心にして民衆が円く取り囲み、被害者たちが口ぐちにその理由を群衆に訴えるのである。証拠を持っているというわけでもなく、ただ被害者意識ばかりが出て、全く一方的なもので、被疑者は抗弁のしようもなく、群衆心理でワァーワァーやられればどうしようもないであろう。

国権によって行われる裁判のようでもなくて、伝統慣習とでも言うのであろうか、民衆のみの力でこうしたことが行われるのである。国権といえども、勝者が敗者を裁くのは、これまた裁判というには甚だ公平を欠くこととなり、民衆裁判もこれに似ており、私たちには理解できないことなのである。

日本人と中国人の立場は今では全く逆転したのであるから、無理難題が持ち掛けられたり、襲撃されても裁判にはならない。勝てば官軍負ければ賊軍という言葉がこうまでピッタリとくるものかと、しみじみ感を深くしたものである。筋道だとか、正義とかは平和な時に通ずる言葉で、警察はあっても見て見ぬ振り。人民裁判なるものがまかり通り、国内が乱れておれば止むを得ないことかも知れない。

六　ソ連将校の依頼

しばらくは平穏な日々が続いていたところ、またぞろソ連兵が現れた。将校が兵一人を連れて入って来たのである。ソ連の警備兵がいるにもかかわらずまた略奪かと思って、恐る恐る応対してみると、そんな様子は感じられないし、どうもいつもと勝手が違い、警戒心が出てこない。警備兵も一緒になって話の中に入っているので、社宅へ危険信号を送るのは見合わせたのである。

警備兵では、将校から無理を押し付けられてしまうのではないかと、なおも疑いの心は解けず心配しながら応対してみるが、どうしても将校の言っていることが分からない。ほとほと困り果て、しばらく待たせ、苦肉の策として、家に帰り露和辞典を持ってきて、兵に差し出すと、警備兵は「俺は駄目だ」と言って辞典を見ない。仕方なく将校との直接対話となった。早速辞典を見ながらの話し合いとなった。そうすると何のことはない、一つの単語から〝蓄電池〟と出たのである。そうしてもう一言、要求の件を辞典のページから拾い出してみせられると、何とそれは〝充電〟であり、それで、綴り合わせてみれば、

「蓄電池の充電はできないのか？」

ということが推察できたのである。何しろ使い慣れない専門用語が入って話をされると、聞いたこともない言葉が出てくるのでさっぱり分からなかったのである。

「それなら容易《たやす》いことです。できますから持って来なさい」

と言うと、大変喜んで、

「明日持って来るから充電してくれ」

ということで一件落着である。ただ、これだけの用件で回りくどく、回り道をしてようやく解決できたので、将校は本当に嬉しそうだった。言葉の分からないということはお互いに苦労である。

また、この将校は陶頼昭司令部の者ではなく、南へ五キロメートル程隣の松花江という町にある、駐屯部隊から来たと言っていた。この町は大きな河川である松花江という川沿いの対岸に位置する町である。そこは旧日本軍の広大な兵舎があった所で、今ではソ連軍

の相当な大部隊が入っており、彼はそこの技術将校だったのだ。

こんな用件だったので、私たちもヤレヤレと安堵の胸を撫で下ろした。

翌朝早く、兵一人が電池を持ってきたので充電にかけ、出来上がるまで一日かかるからと念をおし、明日、取りに来るようにと言って帰した。

翌日、充電の出来上がった電池を、やはり一昨日の将校が兵一人を連れて取りにやって来た。そうしてしばらくその将校と話をしていると、この人のおおよそが分かった。それは、この将校はモスクワ大学の電気科を卒業し、電気関係で働いていたが、今度の戦争で技術将校として召集され、こうして松花江にある部隊に配属されたんだと言っていた。

そういえば、初対面の時から直感で、今までに会った兵士とは少し違った好青年に見え、好感の持てる人のようであった。下心がなければ話していても警戒心が解け、感じ良くなるものであろう。それで私も安心して対話することができた。将校も困っていた電池の充電ができて、満足だったのであろう。帰り際に、私たちが食物に困っているのではないかとか、細々と私たちの生活についての質問をしてから、

「明日、食料を持ってきてやるから」

と、謝礼の意味もあってのことだろう、そう言い残して帰って行った。

そんなことは当てにしていなかったが、次の日、兵二人が将校から命じられたと言って叺《かます》（穀類などを入れる、わら筵《むしろ》で作った袋）を担いで来たのである。それを見ると、明らかに彼らの戦利品で日本軍の米俵ではないか。二人の兵は、それを置くとサッサッと帰って行った。早速職員に叺を開けさせたところ、それは何と餅米ではないか。餅米二俵ではと思っても、彼らには餅米と粳米《うるちまい》との区別は無理であろうし、餅米の食べかたなんて分かろうはずがない。せっかく持ってきてくれたので職員全員に分配した。それでお強《こわ》を作って食べたり、適当に処分をした。

心中は複雑と言おうか、戦利品で謝礼を受け取るとは、敗戦ということをしみじみと味わう結果ともなったのである。

七　司令官の接待

両隣の中継所には警備員はついていないが、ここはソ連警備兵がいて平穏な生活が出来ているので、せめて司令官でも夕食に接待してやろうかと妻とも話し合い、風呂も沸かして入れてやればと考えた。その旨司令官に話してみると、大変喜んでお願いしたいと言うではないか。長い間風呂なんて入っていないんだろう。

夕方、通訳帯同でやって来た。連れてきた通訳たるや、以前に略奪まがいのソ連将兵三名を案内してきた男で、私にとっては憎らしき奴であった。この馬鹿野郎と言いたいがそうもならず、二人を家へ案内したのである。さすが将校は玄関から居間に上がるのに、

「日本では靴を脱ぐのだろう?」

と聞くので、

「そうだ」

と言うと、その通りに靴を脱いで上がって来た。当然通訳もそれに倣《なら》って入って来た。

夕食は、哈爾浜にいた時に覚えた物真似料理を作って接待したのであった。風呂も彼らの風呂とは違って五右衛門風呂であるからと、拙い言葉で説明して入れてやった。時間にして三十分くらいして出てきたのをみると、よく温まったらしく、汗を拭きながら火照った顔で、

「有り難う。まだ、これから君たちも入るんだろう?」

「そうです。私たちも後で皆で入るんです」

と答えておいた。

妻が零歳になる子供を背負って、接待の炊事をしているところを眺めて見兼ねたのであろう。

「子供は寝かせたらどうか？　私たちの国ではそんなことはしない」

と言うのである。彼らの習慣からすれば全くその通りで、不審に思うのも当然であろう。そうしてまた、そんな妻の姿に同情しての言葉なのであったろう。このように、たまま日本人の家庭内を垣間見て、何を見ても珍しいことばかりで、自分たちの生活様式との大きな違いにさぞ驚いたことであろう。夕食を摂りながら雑談をしていると、

「日本は技術者を大切にしないから駄目だよ」

と言いながら、なおも、

「我々の国では技術者の方が給料が高く、事務員は低いんだ」

とか、自分は土木技師であり、帰ればまた土木関係の仕事につくんだと言って、大変打ち解けて談笑を交わし気分も上々で帰って行ったのである。

翌日、警備兵とは別の兵一人が豚肉の片割れ（一頭分の半分）を担いできて玄関に置き、何か独り言を喋りながら帰って行った。そうしてまたしばらくして、今度は米一俵を持ってきて、

「これらは全部司令官からの贈り物だから」

と言いおいて帰って行った。先程独り言と思ったのは、一人では一度に持って来られないから、と言っていたのであろう。何を喋っているのか気にもとめなかったが、こんなことであったのか……。

さて、生物《なまもの》をこんなにたくさん届けられても冷蔵庫はなく、早く処分しなければ腐ってしまう。米はやはり戦利品で、これもまた、この間松花江の駐屯部隊から貰ったように餅米ではないかと開けてみると、今度は粳米であった。それで、これもまた職員全員に分配した。職員も思わぬ肉やら米の大盤振る舞いにご満悦であった。

昨夜は司令官の入った後の風呂には、私たちはとても入る気にはなれなかった。それこそ彼らは、あちらこちらと遊び回り、どんな病気を持っているかも、また、スピロヘータ菌でもいたり、人種が違うのでとんでもないことになってはと、あれこれそんなことを考えて、たとえそうではないにしても、このくらいの考慮が必要であろうと念を入れ、風呂の湯は煮沸してよく洗い、新しく沸かしなおして入ったのである。

ところが、どうも入浴がお気に召したらしく、一週間ぐらいしてから使いの兵が来て、

「司令官が風呂に入りたいので、夕食は要らないから都合のいい日を知らせてくれ」

と、言って来た。どうも味をしめたらしく、今となっては止むを得ないので、明日来るように言って帰した。

当日はたくさんの砂糖を持ってやってきて、入浴後しばらく四方山話をして帰って行った。考えてみると、こうチョイチョイ来られては大変だ。困ったことになったものだと思いながら、またいやな前例を作ってしまったことになるのかと、反省もした。しかし、もうここまで来ては仕方がないさ、と諦めなければならなかった。こうしてうまくやって皆が平穏な生活ができるのなら、これも良しとしなければなるまい。こんな生活がいつまで続くのか分からないし、また、何時になったら引き揚げができるのか予測も立たない今であっては、このような方策も止むを得ないことであろう。一寸先は闇という感じはこのことだろうと、先を考えると憂《う》つであった。

八　警備兵の要求

今度は、このような司令官の入浴するところを見て警備兵が、

「俺にも入浴させろ」

と言い出した。拒絶することもできず、止むを得ず聴き入れ、入浴させることにした。ところが、司令官は日本の家に入って玄関から畳の上に上がる時は、私たちと同じように靴を脱いで上がって来るのに、兵は靴も脱がずに上がろうとするのである。私がそれを見て、

「日本人の家に入り、玄関から部屋に上がる時は靴は脱ぐものだ」

と詰《なじ》ると、

「ソ連では靴は脱がないのだ」

と言うので、

「ここはソ連とは違う。日本の家だから……」

と、なおも脱がせようとするが、

「ソ連は脱がないから」

との一点張りで、泥靴のまま畳の上に上がり胡座をかくのである。全く困った奴だと呆れ果てるばかりであった。

そうして、入浴するにも司令官は後で入る家族に気を使い、出た後の湯もきれいで湯に浸かったのかと思う程で、一番風呂の湯とかわりなく私たちも不思議に思っていた。しか

し、出てきた時の顔色からはそんな風でもないようで、妻ともども首をかしげていた。それが、兵となると雲泥の差で、後の家族への気配りは毛頭なく、出た後の風呂水は乳白色に汚れ、とても入れるような湯ではなかった。もっとも、彼らソ連人の入浴はバスだから、一人一人使った湯は捨てるのが風習で、どちらかというと、兵士の方が普通で、司令官の方が気配りしてくれていたことになる。司令官の礼儀ただしい態度にくらべ兵士は自分勝手でやりたい放題で、厚かましくもモスクワのラジオ放送を聞かせろと、茶の間にまでも靴履きで上がりこむ始末で、常識の違いをつくづく感じた。

ラジオもここでは、ハバロフスク辺りの放送がよく入っていたので、私にダイヤルを回させて、所どころで入る放送の一つを選んで聞く。それがウラジオか、ハバロフスクか、またはモスクワか私には分からないが、兵士はモスクワ放送だと言っていた。そうして、ラジオを独占してしまうのである。

放送内容はというと、戦勝の酔いに明け暮れているのか歓声が喧《やかま》しく、どよめき一杯の放送だった。こちらの迷惑など考えもせず、とうとう三時間も粘って、やっと帰った。これに味を占めたか、毎日、食後になるとラジオを聞かせろと、挨拶するどころか命令だと言わぬばかりの態度で上がり込む。こうなると、私たちの聞きたいニュースは全く聞けな

い。彼はいい気分で番組を聞きながら、

「アメリカは駄目だ。アメリカをやっつけなければ……」

と、拳を振り上げ、机を叩いて、アメリカに対して怒りを爆発させていた。ソ連国内ではもうこの頃から、いやそれ以前からかも知れないが、アメリカに対しての敵意を盛んに人民へ叩き込んでいたようだ。ソ連のどこの放送を選び出しても一様にアメリカを撃つべし、というようなアジ放送だった。こうして国民の意識統一をはかっていたのだろう。

この警備兵は読み書きができず、以前、松花江のソ連将校が来た時に話が通じなかったので、露和辞典を出して、彼に辞書の中から単語を探してくれと言ったら字が読めなかったのを思い出した。彼にとっては、ラジオが唯一の情報源であったのだろう。ソ連兵に読み書きできない者が多いということは、以前からうすうす聞いてはいたが、それを目の当たりにして、やはり本当だったのかと思った。また、中国人もやはりそれに似ており、私たちの所へ商いに来る呉《ウー》という青年もそうだった。こうしてみると、日本程教育の普及している国はないと、今更ながら感慨を深くした。

兵士は、毎夜来る時スピルト（ウオッカよりも強い酒）を一升瓶に詰めてきて、それを飲みながらラジオを聞く。このスピルトを、私にも飲めと強引に勧める。それも、普通の中コップになみなみと注ぎ、そのコップをお互いにぶつけ合って乾杯をやる。しかも、飲むのは日本的にチビリチビリは駄目だと言い、一気に飲み干せと言うのだ。このスピルトは一寸臭いがあって、慣れない私には飲みにくくて、ほとほと困り果ててしまった。最初のうちは鼻をつまんで飲んだりしていたが、余りにも強すぎて喉が焼け付くようであった。しかし、それだけ強い酒であるにもかかわらず酔わなかったのである。やはり、緊張していたせいであろうか。

酒で思い出すのが、ウオッカである。この酒は案外飲み易いのでつい度を過ごす。しかし、私たち日本人がいい気になって飲むと足を取られてしまう。頭はしっかりしているが足が立たず、人に支えて貰わないとパタッと倒れてしまうのである。私は哈爾浜にいた時に経験し、日本人の誰もがそうだった。反対に、日本酒を彼らに飲ませると、私たちがウオッカを飲んだと同じ酔い様になるのだとも言われる。

ある時、酒の話になり、兵に日本酒は美味しいかと聞いてみると、すかさず、

「大変美味しい」

と言い、

「日本酒が飲みたいがないのか」

と言い出すので、

「日本酒なんて今頃あるものか」

と言い返してやり、心の中では〝何を言っているか、お前たちが皆持って行ってしまったじゃないか〟と、口元まで出かかる声を抑えたものである。私たちが飲みたくても、今では日本酒などとても手には入らない。

この酒がいかに強いかを、兵士が火をつけて見せてくれたりするが、毎晩こうしてスピルトを飲まされると、鼻をつままなくても飲めるようになり、慣れてしまった。

また、兵士は国では何をしていたのかと、仕事のことを聞いても、司令官のように自分の身分は余り話したくなさそうで、その話に入ると、すぐ他の話題に変えてしまうのである。アメリカの悪口を毎晩聞かされるので、ソ連でのアメリカ憎悪の教育は、このように民衆やら兵士にまで徹底してなされているのかと感心したものだ。

恐らくラジオはすべて、このようなアメリカ撃つべしといった番組で占められているのであろう。ラジオを聞きながら、

「そうだそうだ」

と言って拳を振り上げるくらいであるから。そして、

「アメリカはやっつけなければいけない!!」

と、しだいに興奮してくる。

兵士は毎日何事もなく、話の通じない私たちの所にいるのが飽きてきたようで、平穏な日々を幸いに、この頃は昼間どこへ行くのか殆ど出掛けてしまい、警備といっても名ばかりとなってきた。もっともここは重要なところで、ソ連兵が警備していることが住民に徹底して分かればそれでよい。また、一番心配していたソ連兵の来襲もなくなり、私も兵の相手をするのに疲れてきたので、この方が良いかも知れないと考えていた。司令部にもそんなことは話さず、司令官に会った時も、雑談の中で警備兵の動向を尋ねられたが、ただ、

「有り難う」

と言うだけにして詳しいことは話さないでおいた。

九　日本軍部隊の降伏

そんな平穏な日が続いていたある日、季節は確か四月頃の暖かい日であった。日本の陸

軍少佐の軍服に帯刀した将校が一人、突然中継所へ入って来た。

いきなりの日本兵の姿に、今頃になって日本兵が出てくるとはと、私はびっくりした。もう終戦から半年以上もたっている。私の頭の中ではもうとっくに、日本兵は敵の軍門にくだり捕虜となって、シベリアへ送られているはずなのだ。それが今頃どうしたことだろうと、ほんとにびっくりしてしまった。まさか、まだ日本軍のこんな立派な軍隊が残っていようとは思いもよらず、本当に驚き、まず応接室へ通して話を聞いてみると、

「我々は奥地においての作戦行動中で、今まで戦車部隊を指揮して転戦していたんです。ところが、そのうちに通信が途絶えてしまった。それで、終戦になったことを今日まで知らなかったんですよ」

「あぁそうだったんですか」

「それでまだそのまま行動を続けていたが、どうも周囲の情況がおかしいので中国人に聞いてみると、今度の戦争は日本が負けて、もう戦争は終わったということを知ったんですよ」

「そうでしたか」

「この町に入って住民に尋ねてみると、ここに日本人がいることを教えられて来たんです」

「それは大変でしたね。長い間ご苦労さんでした」

「そこで我々も、この上はもう降伏したいと思いますので、ソ連軍の司令部へ連れていって欲しいのですが」

ということであった。

「分かりました。余り言葉はよく話せませんがご案内しましょう。それで、部隊はどうされましたか？」

「部隊はこの村の向こう側に休息させていますから。私も大学（東大）を出て会社に入り、アルコールなどの燃料について研究していたところ召集になったんですよ」

その時この人の会社名も聞いたのだが、今となってはもう記憶の外にある。

お茶を出してから、色々と詳しい話を伺おうとしたが、

「部隊を待たせておりますので、すみませんが早いところお願いします」

と言われ、それではと早速駐屯地司令部へ出掛け、司令官に用件を申し入れたところ快く受けてもらい、安心して私は帰って来たのである。

それから一、二時間もたった頃であろうか、その少佐が軍刀は身に付けたままで、

「どうも有り難うございました。お陰で明日あたり列車の都合ができそうですから、それ

で新京へ送ってくれることになりましたので……」

「そうですか、それは良かったですね」

「しかし、案外ソ連軍は話が分かりますね。我々将校には帯刀を許し、兵はやはり武装解除して武器は一切持たせませんでしたが、まぁこれで安心しました」

「それで新京へ行かれたらどうなるんでしょう？」

「さぁ分かりませんが、それからは恐らく日本へ帰してくれるんでしょう？」

「そうでしょうか？」

「時間がありませんのでゆっくりお話も出来ませんが、何しろ身柄はソ連軍の捕虜となりましたので」

と言って帰られた。

この方も日本人らしい考え方がよく出ていたようで、ソ連の放送を聞いていると、そんなに甘いものではないような気がしてならない。今考えてみると、恐らく、日本へ帰すどころかソ連へ送られたことは間違いあるまい。

陶頼昭の話題が出る度に、あの時の少佐はどうしておられるのかと、思いを馳せるのである。

十　警察署長からの呼び出し

このところ情勢もどうやら落ち着いてきたようにみえ、警備兵も来たり来なかったりの警備態勢となってきて、この頃では殆ど顔も見せなくなり、また、民衆の来襲も途絶え、平穏な日々が過ぎている。町の方でも、同じように平静になってきているようだから、そう心配することもあるまい。それでは貨物列車の方はどうだろうかと、時々暇をみては丘の上に上がって見下ろしてみると、これは相変わらずで、多少数は減ったように感じられるが、やはり北へ北へと向かう列車は相当なものであった。一体いつまで続くのだろうか、何をそんなに運ぶのだろうか。また、あの列車の中には戦利品の他に沢山の日本軍捕虜も、シベリアへ送り込まれ、極寒の中で苦役に従事させられることだろうと想像してみては、暗い気持ちで列車を眺めるのであった。また、以前に駅へ出て日本兵と話ができたので、それと同じことができはしないかと行ってみたが、ソ連軍の目が厳しくなかなか近寄れなかった。この前はたまたま運よく話ができ、その時の日本兵は転進して日本へ帰されるものと信じ込んでいたことを思い出し、この人たちも、やはり同じ考えでいるのだろうかと、何だかすっきりしない気持ちで帰ってきた。

そんなある日、警察署長から呼び出しを受けた。何だろうと恐る恐る伺ってみると、何のことはない、署長の自宅へ連れ込まれ、ラジオの修繕をしてくれないかとのことであった。心配しながら来たので、ちょっと拍子抜けの体であった。

しかし、今頃修繕といっても部品はないし、困ったものだと当惑気味であった。

止むを得ない、まぁとにかく見てみようと、スイッチを入れてダイヤルを回してみると何でもなく、取り扱い方が間違っていただけであった。セットは、まずその頃としては豪華なスーパーへテロダインで、買ってきたばかりだと言っていたが、結局扱い方が分からなかっただけのことで、その取り扱い方を教えただけで済んだ。

しかし、買ってきたばかりと言っているが、中古品のようであるし怪しい。これはひょっとして戦争で儲けた口じゃあるまいかなど陰口を言ったりして、憂さを晴らしてみるのであった。その後も二、三回呼び出され、仕事が終わってからでいいからと、いつも夜であったが、他のラジオの修繕をさせられた。その数は数台ともなっている。恐らく知人の物だろうと思われ、署長という権限で、とんでもないことを言ってくるものだと、苦々しく思っていた。それでも悪いと思ってか、帰りには、

「子供にやりなさい」

と、沢山の菓子とか食料品などをくれたりした。

この警察署長は、冬には暖房用の石炭の配給とか、治安については何かと世話してくれるので、こんなことぐらいは仕方あるまいと自分に言い聞かせたのであった。

十一　給料の受領

春も深まった頃だったと思うが、本社から所長に、

「職員の給料が送金できないので受け取りに来てもらいたい」

という命令が出た。列車に乗るのも怖いような気がするのに、と思ったがやむなく一人で新京まで受け取りに出掛けなければならなくなった。

いざ列車に乗り込んでみると、終戦前の列車には日本人の姿が見られたが、今回は日本人は私一人で、他は皆中国人ばかりである。腰掛ける所などなく、その上異様な臭いがして喧しく、こわごわ空席を探すがなかなか見付からない。そのうちやっと一つの空席を見付け腰を下ろしたが、周囲の人々が私の顔をジロジロ眺め、〝何だ日本人じゃないか〟と

いった顔付きをする。何かいやがらせでもされるのではないかと、心配しながら新京までの約三時間がとても長く感じられた。戦前の列車とは全く違ったこわごわの旅であった。早速本社に入り、陶頼昭の終戦から現在までの細々とした情況を総裁の前で報告し、その日はK中央中継統制所長の宅に宿泊したのであった。話が弾み、夜の更けるのも忘れていたが、明日のこともあるので、明け方近くに床に就いた。

翌朝、所長とそれにM課長も誘い合わせ三人打ち揃って会社に出掛けた。いつもの通り、慣れた広い並木道を気軽に歩いて行った。ところが、先の方を見て歩いていた所長が急に、

「今日は道を変えて行こう！」

と、横道へ入った途端、駆けてきた警官に捕まった。

歩いていてどうしてこんなことになったのか、私にはさっぱり分からなかった。すると、

「どうしておまえたちは逃げるのか、こっちへ来い」

と、警官の立っている所まで連行された。警官の荒々しい言葉に、こちらは別に悪いことをしたわけでもなく、どうしてこんなことになったんだろうと、いぶかりながら後に付

いて行ってみると、何とそこには、先程私たちの前方を歩いていた年寄りで、荷物を背負った日本人も同じように立たされているのである。その他にも二、三人の日本人がいた。

「所長、これはどういうことですか？」

と、尋ねると、

「これは、君は初めてで知らないと思うが、この近くにあるソ連占領軍の将校宿舎での使役を集めているんだよ」

「そうですか」

「先程、警官が立っているのが見えたので、今日もまたやっていると思い、横道へそれたんだが見付かってしまったんだよ」

とのこと。この辺りは時々このように警官が立って、通行する日本人の老若を問わず強制連行し、ソ連軍の歩哨に引き渡し、その後は宿舎の中で使役ということになるのである。このような使役には、すべて日本人が充てられるとのこと。何しろ手当たり次第で、日本人と見れば有無を言わせず駆り立てるのである。ここでもまた敗戦の悲哀を感ずることになった。

「いつもやっているが、我々はソ連軍の証明書があって、それを歩哨に見せると帰してくれるんだよ」

「今日も最初見渡した時は警官の姿が見えなかったので、通ろうと歩いていると急にその姿が見えたので、道を変えて行こうと言ったのだったが、見付かってしまったんだよ」

「あ、そうだったんですか。それで急に道を変えたんですね。初め私には何が何だかさっぱり分かりませんでしたが、そんなことがあるんですか」

改めてまた敗戦国民の惨めな姿を味わうことになった。

こうして五、六人集まったところで、近くにある将校宿舎の前に連行されるのである。私たちの前を歩いていた老人は〝宿舎の中に入れ〟と指示され、荷物を背負ったまま宿舎の中に入るのが見えた。次に順番が私たちとなり、所長がまず歩哨に携帯している証明書を見せると、

「よしっ、帰ってよい」

と解放され、次のM課長も同様に証明書を見せ放免されたのである。次が私の順番で、歩哨の前に立たされた。二人は私のことが心配らしく、離れたところの木の間《こま》がくれに立ちどまってどうなることかと、こちらをじっと見詰めている。

いよいよ俺の番かと、もうこうなったら止むを得ない。証明書は持っていないし、〝え

いっ、ままよ。ここまで来れば当たって砕けろ〟とばかりに、幸い、陶頼昭の司令官が作ってくれた赤い腕章を付けたままで来ているので、まずその腕章を歩哨に見せ、

「私はここに書いてある者で、働いている職員の給料を取りに来たので、今からそちらへ帰らねばならない」

と、拙いロシア語で話してみたところ、私の言う言葉が通じたのか、大袈裟な仕草で私の腕をつかみ、その腕章を読み、

「よしっ、分かった行け」

と、案外あっさり放免された。やれやれ上手くいったわい、と思って胸を撫で下ろした。何しろソ連兵は読み書きができない者が多いと聞いているので、この歩哨がそうでなくてよかった、と幸運を喜んだ。やはり司令官の腕章の効き目であろう。我ながら上手くやったわいと、知らず知らず笑みがわいてきた。

放免され、ひょいと見ると、まだ二人がじっとこちらを見て待っておられた。早速小走りに走り寄って、

「やれやれでしたよ。この腕章を見せて話したら通じたのでしょう、解放してくれましたよ」

「良かった、良かった。どうなることかと心配で見ていたんだよ」

とのことであった。三人とも無事解放されて初めて笑みが出た。

もっと早く警官の姿に気が付けば、こんなことにはならなかったが、見付かってからではどうしようもないと、反省させられた。

私たちの前を歩いていた年寄りの人は中へ連れ込まれたので、掃除とか馬鈴薯の皮剥きとか、とにかく雑仕事をさせられるのだそうである。どのくらい使われるか分からないが、早い時もあれば、次から次へと仕事を命ずることもあるとのこと。私と同様に、隣の中継所長も給料受領に来た時、やはりここで捕まり、後で聞いたところによると、〝よしっ、やってやるよ〟と言って中に入ると、馬鈴薯を出してきて、その皮剥きをさせられたと言っていた。

新京での一般日本人を見ると、私たちは技術者であったために仕事もあり、給料も貰って生活ができたが、一般の人は何か商いをしたり、売り食いで、専ら引き揚げの日を待っているという、心もとない日々を送っていた。引き揚げ者の収容所へ行ってみれば、その中に知人や兄たちに会えたかもしれないと思ったが、時間に制約され訪れることができなかった。

十二　警備兵の交替

長い間中継所の警備をしてくれた兵が、ある日、突然特命が出たのであろう、私に、「しばらく俺は来られなくなって、この人が来ることになったから」と、別の兵を連れて来て紹介してくれた。予告なしの警備兵の交替であった。

今度来た兵は前の兵とはちょっと違っていた。読み書きはできそうであるし、話をしても前の兵とは違い冷たい感じを受けはするが、これもそれぞれの人となりであろう。代わりっぱなは、お互い気心が分からず緊張気味であった。

警備兵は毎日が一人であるから休息時でも話し相手がなく、そのうえ、今頃はもう平穏で何事もない。それで、暇を持て余しているだろうと、私が夕食を済ませ話し相手にと行くと、案の定、待ってましたとばかりに、すぐ話にのってきた。他の職員では全く言葉が通じないので、私が相手をするしかない。だから私は休む暇もない。

話ができるといっても、そんなに流暢に喋れるという程でもないが、それでも兵は一人でいるよりも相手が欲しかったのであろう、なかなか私を放そうとしない。

話題といっても私が、古いロシアの文豪やら音楽家の名前を挙げて、そうした人たちの作品や音楽が大好きだ、なんて言ってやると、彼も上機嫌になってますます話が弾むのであった。そして、

「お前はどこでロシア語を覚えたか？」

と聞くので、

「私は哈爾浜でロシア人の家に間借り生活をしていたので、そこで覚えたんだ」

「そうか」

と頷く。今度は食べ物の話に移り、米について、日本人はどうして食べるのかと聞くので説明してやると、ロシアでは砂糖で煮るのだと話しているうちに、ついに、米を持ってこい、作って食べさせてやるからとなった。仕方がないわいと、家から米を取ってきて渡した。すると、何を考えたか、

「ちょっと待っておれ」

と、言いおいて外へ出ていった。

それから一時して砂糖と、子豚というよりも中ぐらいの黒豚を一頭担いで帰ってきたのである。私はびっくりした。よく見ると屠殺したばかりの豚である。

「それは、どうしたのだ？」

と尋ねると、

「近くの農家で射止めてきたんだ」

と言いながら、銃を取ってその仕草をして話すのである。

「買ってきたんじゃないのか？」

と、もう一度問い返すと、

「そうじゃない。いいんだ」

そうでしょう、彼ら兵士は豚一頭を買い求める程の給料は貰っていないだろうし、迷惑なのは農家で、せっかく育てていた豚が突然の略奪にあうのだから。戦争というものはこのように無法がまかり通り、銃の前には無力と言わざるを得ない。平和な社会では全く考えられないことが、堂々と常に行われるのである。勝者である軍ばかりではなく、そこの民衆までが、敗者となった民家へ略奪とか、無理難題を押し付けたりして、敗者は勝者の横暴に堪えねばならない。

捕ってきた黒豚を、機械の取り付けフレームに逆さに吊るしてから、

「この豚の毛を焼くのに火が欲しいが、何かないか？」

と言うので、仕方なく倉庫からトーチランプを出してやると、さっさとそれを使って毛を全部焼いて、それこそ丸裸にしてしまった。そうしてその豚を指さしながら、

「これからはこの肉を切り取って食べなさい」

と言うが、焼かれて丸裸になったのを見ると、何だかとても気味悪く、なかなか食べる気にはならない。

それから持ってきた米は、自分で調理し煮始めたのである。待つことしばし、炊き上がったものを見ると、それは私たちで言う粥で、

「我々はこんなにして食べるんだ」

と言いながら、

「さぁ、お前も食べろ」

と言って勧める。しかし、私たちから見ると砂糖入りの一種のお菓子のようでもあり、粥状であるからスープのようでもあり、何だかちょっと薄気味悪い。しかし、盛んに勧めるので、少し食べてみたところ余り美味しくなかった。それで、

「もう要らないから」

と言うと、

「俺の作り方が下手だから美味しくないなぁ」

と、自分でも食べてみて不味いと思ったのであろう。何かブツブツと独り言を言っていた。

それにしても、先程の豚を盗まれた農家は困っていることだろうと、同情はするが、私たちではどうすることもできない。

この警備兵は風呂のことやら、ラジオのことなどは知らないのであろう。前の兵士のようには要求しなかった。

しかし、この兵はずるくて、命令されている警備をほどほどにして、自分の隊へ帰っているのだろうか、時々来る程度である。もう見回り程度の警備に変わった。前の通信隊のように、四人もいればそうそう飽きもしないだろうが、何分にも異国人の中にたった一人で話し相手もなく、止むを得ないことではあろう。

四、五日してから元の兵士がやってきた。しかしそれも、一日中警備してくれるでもなく、しばらくいては出ていって帰って来なくなった。

また、将校も入浴に来なくなり、もう司令部も引き上げていなくなったのではないかと、司令部の前をそれとなく通ってみると、そうでもないようである。これでやっと接待の煩わしさから逃れられたんだと思い、何だか肩の荷が下りた気がしたのである。

5　共産軍の侵入

一　中共軍の警備に代わる

平穏な日々が続き、ソ連軍の警備兵もたまに姿をみせていたが、そのうちぱったり来なくなった。彼らからは何の連絡もない。通信隊の時は引き上げの日を通告してきたのに——。今では一応治安も安定しているので、あえてどちらだってあまり関係ないから司令部へ申し入れることもなかろうと思っていた。

丘の上から通過する列車を見ていると、数がきわだって減ってきた。戦利品とか、捕虜の輸送も、もう運び終わったのか。街の中国人たちは、

「もう全部運んでしまったんだ！」

と噂していた。私にもその声は真実のように思えた。列車の数はぐーんと減って、そんな感じを受けるから。また、街の人々の噂話では、

「もうすぐ中央軍（蒋介石支配の軍）が入ってくるから、そうなれば安心できるし、また貴

方たちもよくなるよ」

と。彼らは中央軍の入城を待ち焦がれているようで、多くの人たちは中共軍は駄目だとの声だった。

そのうち、中央軍ではなく共産軍が入城するという噂が出始めた。その噂に町の人々は余りいい顔をしていないようであった。いろいろな情報が飛び交う中、すべての治安権限はソ連軍から中共軍へと引き継がれた。つまり、中共軍の入城が現実となり、共産軍の支配下に入ったのである。私の見たところその交替劇は素早く、しかも上手く行われ、静々とソ連軍から共産軍へバトンタッチされた。警備兵もいつの間にか居なくなったのは、こうした極秘裡の交替劇のためだったのか、と私は思った。

本来ならば、正規軍である中央軍が入ってから、ソ連軍が引き揚げるのが筋ではないかと思うのだが、これは他国での出来事。中央軍が入る前に共産軍を入城させるとは、さすがソ連らしいやり口だと感心させられた。その頃、中央軍は四キロメートル南の松花江の町まで来ていたし、また、正規軍でもあった。

こうなると、私たち日本人の帰国はどうなるのだろう。町の日本人は殆ど黒川開拓団に集結しているが、この人々もさぞがっかりしていることだろう。時の流れは全く好ましくない方向へ動き、引き揚げ帰国の望みは闇の中になってしまった。

中継所の警備がなくなってしまったそんなある日、警察署長と中共軍の守備隊長がやってきて、

「何か変わったことがあったら、すぐ連絡するように」

と告げて帰った。町の重要な所を巡回しているのではないかと思われる。

街の人々は、

「もう松花江の町まで中央軍が来ているので、すぐここへ入って来るよ」

と、私たちに慰めとでもいうような言葉をかけたりしてくれる。また、街の人々もそれを望んでいるようだった。

時々中共軍が見回りに来て、しばらく話しては帰っていく。その時、巡邏兵《じゅんらへい》の中でも軍服の肩章からみると、ちょっと格が上級の方だと思われる人に、

「もうこの通信も、ソ連軍が引き揚げれば貴方たちが使うんですね」

と話し掛けたところ、彼は言った。

「我々はこのような古い物はすべて破壊して、新しく建設するのだ」

「使用できる物を何故破壊するのか？」

と言葉を返すと、

「我々が古い物を使うと、新しい建設がやれないから」

と言うではないか。熱のこもったこの若い兵士の言葉を聞いて私は、共産主義化のため、若者に対する教育が徹底しているのだと思った。古い物は悪ですべてを壊し、共産主義だけが善で新しく建設し、理想の思想社会をつくるのだと教えこまれているのであろう。さらに彼は、世界はすべて共産主義でなければいけないと、無謬《むびゅう》主義で、非寛容な自負心の強い言葉をならべた。言葉が段々と熱を帯びてくる。恐らくこの人たちは青年行動隊と言おうか、宣撫《せんぶ》班と言おうか、会う人毎に共産思想を植え付けようとしている。狂信的な赤化《せっか》の行動にみえた。

二　中央軍と中共軍の内戦

確かに、松花江まで来ているらしい中央軍ではあるが、そんなに易々とこの陶頼昭へ入ることができるだろうか。ここはもう中共軍の支配下になっているため、手中にしようとすれば、一波乱も二波乱も起こりそうだ。

私たちにはよく分からないが、ソ連の援助で行動している共産軍だから、ソ連軍としては正規軍である中央軍へ引き継ぐよりも共産軍の方へと思うのは当然で、そこに、中央軍の誤算があったのではないかと思った。

共産軍としては、うまくソ連軍と交代し手中に収めたものを、むざむざ中央軍に渡すはずはない。私の予想通り、その後とうとう松花江の河を挟んでの内戦となってしまった。

小銃は勿論、迫撃砲までも撃ち合っての応酬で、私たちの所へも砲弾が飛んでくるようになり、危険となってきた。それも日を追って激しくなり、目立つ中継所の建物などは格好の目標となるので、一時、屯長（村長）宅へ避難することにして、当座の荷物をまとめて家族共々逃げ込んだ。夜は余り銃声も聞こえず休戦のようなので、また社宅へ帰ってみたり、しばらくは行きつ戻りつの生活であった。屯長宅の裏には小高い敷地に急造した防空壕があり、交戦の激しい時はその中へ逃げ込んだりもした。時には長い撃ち合いが続くことがあって、その時はやむなく社宅を締め切って避難した。

そのうちに、中央軍が優勢になり、いよいよ中央軍が入城してくるという噂が出始めた。その頃になって共産軍は、ソ連軍が戦利品や捕虜を運んでいた鉄道の松花江鉄橋を戦略上から爆破し、ここで中央軍の侵攻をくい止めた。

その結果、この松花江を挟んで、両軍が相対峙して戦況は膠着状態になった。

私は初め、内戦が始まっても、両軍の間には大きな兵力の差があり、瞬く間に中央軍の勝利で終わるものと思っていたし、大方もそうした見通しであったが、共産軍の後方支援が強力で、長い戦いになった。

こんな情勢になって、時々思い出したように撃ち合いをするということが三、四ケ月も続いた。

三　共産軍へ入党のすすめ

鉄橋の爆破以後は大きな戦いもなく、銃声も時々聞こえる程度で、侵攻して来るような気配は一向に見えなかった。

そんなある日、警察署長からの呼び出しを受けた。またラジオの修繕かといぶかりながら出頭してみると、共産軍の守備隊長と二人で、私の来るのを待っていた。呼び出しの用件というのは、何と、私に中共軍に入らないかという誘いだったのである。守備隊長の曰く、

ふりがな お名前		明治 大正 昭和 平成 年生	
ふりがな ご住所	□□□-□□□□		性別 男・女
お電話 番号	(書籍ご注文の際に必要です)	ご職業	
E-mail			

ご購読雑誌(複数可)	ご購読新聞 新

最近読んでおもしろかった本や今後、とりあげてほしいテーマをお教えください。

ご自分の研究成果や経験、お考え等を出版してみたいというお気持ちはありますか。

ある　　ない　　内容・テーマ(　　　　)

現在完成した作品をお持ちですか。

ある　　ない　　ジャンル・原稿量(　　　　)

名				
住所	都道府県	市区郡	書店名	書店
			ご購入日	年　月　日

をどこでお知りになりましたか?
書店店頭　2.知人にすすめられて　3.インターネット(サイト名　　)
DMハガキ　5.広告、記事を見て(新聞、雑誌名　　)

質問に関連して、ご購入の決め手となったのは?
タイトル　2.著者　3.内容　4.カバーデザイン　5.帯
の他ご自由にお書きください。
(　　)

についてのご意見、ご感想をお聞かせください。

内容について

カバー、タイトル、帯について

弊社Webサイトからもご意見、ご感想をお寄せいただけます。


協力ありがとうございました。

お寄せいただいたご意見、ご感想は新聞広告等で匿名にて使わせていただくことがあります。

お客様の個人情報は、小社からの連絡のみに使用します。社外に提供することは一切ありません。

■書籍のご注文は、お近くの書店または、ブックサービス(0120-29-9625)、セブンネットショッピング(http://7net.omni7.jp/)にお申し込み下さい。

「共産軍は人種差別はしない。皆平等である。給料も中国人と同じだから」

と、いろいろ良いことばかりを言って誘いかけてきた。私としては入党するなんてそんな考えは毛頭ないので、何とかして断ろうと、それこそロシア語と同じく片言の中国語で、必死に家族のことや、日本にいる親族のことなどを理由にして、入党できないと固辞したが、それでもなお、隊長は、

「今日、急な話をしても、今すぐ決断はできないだろうから、四、五日待つので、考えておいて欲しい」

と、言われ帰された。

入党すれば、当然、日本への帰国は諦めなければならない。私は初めから入党するような気は全くないので、ただ断る理由について、彼らが納得できるような、手だてを考えなければならなかったのである。

回答する日が決められているから、大変なことになったものだと、憂うつになってしまった。

四、五日待つと言っていたから、放っておけば当然向こうから出掛けて来るだろうし、断る手だてについて、もう少し考えてみることにした。

四　共産軍の退却準備

それから二、三日して中国人職員が、

「所長、お前を明日共産党が強制連行に来るという情報が入っているから、どこかへ隠れた方がいいよ」

と情報を持ってきてくれた。

つい二、三日前に入党の誘いがあった後でもあり、あの時は婉曲に断ったつもりであったが、今度は強制的に連行の挙に出たのではないか……とも考えられる。中国人職員には、

「まさか、そんなことはあるまい。家族もいるので……」

とは言ってはみたものの、なにしろ共産軍には初めて接するので、何も分からない。職員からの情報も半信半疑で、私たちの常識からではまさかそんなことはと思うが、もし本当に連行ということにでもなれば、それこそ一大事になる。一応、もしもということを考慮に入れ、職員の言うように隠れた方が間違いないかも知れないと思い、また、念には念

を入れろということもあり、その方法が安心であろうと考えがまとまり、身を隠すことにした。

そこで、隠れるには過日、ソ連軍に追われてきた満鉄の女性たちをかくまってやった局舎の天井裏が最適であると考えた。妻とも話し合い、迎えの兵が来た時の手筈を済ませ、朝早く天井裏に上がった。思えば他人をかくまってやった所へ、今度は私が隠れる羽目になってしまったのである。

私も、この天井裏に上がるのは初めてであるが、上がってみると、案外屋根が高くて天井裏という感じはしない。天井の東端に明かりとりの小窓があって、そこからは、所長宅と隣の職員宅がまる見えである。しかし、外からは細かい格子がはめられていて絶対に見えないから、隠れ場所としては最適の所であった。

そんなことを考えながら眼下を眺めると、朝日が我が家の玄関に当たりまぶしいくらいである。初めて見る屋根裏からの景色に目をやりながら、真下の通路に目をうつし思いに耽っていると、確か九時頃だったと思うが、中共軍将兵二人が通るではないか。やはり将校は隊長のようであった。こうなってみると、中国人職員の言ったことが本当だったのかと、しみじみと隠れて良かったと思うのであった。

じっと見ていると、兵を連れた隊長らしき人が、私の家の玄関をたたくのである。すると妻が出て応対するのがまる見えである。主人はいないと言っているのであろう、言葉のやりとりは聞こえないが、しきりに話し合う様子が手にとるように見える。恐らく打ち合わせておいた通りに、やってくれていることだろうと、じっとその行動を眺めていた。

こうして、共産軍の迎えを目の当たりに見て、まさか、そんなことはあるまいと安易に考えていたのは、大変な誤算だった。それでも昨晩は、一応万が一にもと大事をとって、妻に、もし共産軍が迎えに来た時は〔どこかへ行ってしまっていないので私たちも困って今、捜しているところです〕と言うようにと一応対策が打ち合わせてあったので、何とかうまくやってくれているらしい。

しかし、内心ヤキモキしながら見ていたが、その時間の長いこと、実際にはそれほど長くかかってはいないのであろうが――。どうやら、やっと諦めたらしく、二人の将兵が話し合いながら帰って行くのが眼下に見えた。

こうしてみると、どうも戦況は共産軍に不利なようであり、退却の準備から、私たち技術者が欲しくて、入党の誘いとなったり、強制連行の挙に出たのであろうか。

6　強制連行を逃れて

一　共産軍の連行を逃れて

このように、中国人職員からの情報が現実となってきた今、彼らの助言などを考え合わせ、共産軍の完全撤退までどこかへ身を隠さねばならないと考えたのである。それで、私たちが懇意にしている周屯《チョウ》長（日本の村長とか区長とかに相当する）に相談したところ、

「家族は危なくなればここへ来たりして、また、ここにはいつまでいてもいいから、心配しないで隠れなさい」

と言われ、私だけが別のところへ隠れることにした。この戦争も兵力に差があり中央軍が優勢で、そんなに長くはかからないだろうとみて、色々な方策の中でもこれが最も良いと考えたからである。

この屯長の長男が陶頼昭電報電話局の職員であり、前々から家が中継所の近くでもあるので、非番の時などはよく来て、自分の将来について、技術関係に進みたいと話したりし

て、進路相談に乗ってやっていたので、親しくしていた一家なのである。また、特に屯長は六十歳半ばの年老いてはいるが、町の人々からも人望があって慕われており、その上親日家でもあったので、信頼してもいいだろうと思って頼むことにしたのである。

私は内戦の経験はないし、こんなにも激しく、その上運悪くこの陶頼昭の町が戦争の中心となるなんて、考えてもいなかったことである。もうこの様子では家財を持ち出すどころではなくなってしまった。私たち一家の命を守るのが精一杯である。そこで、私の持っている技術図書とか、家具類を屯長とその長男に提供した。また職員のもう一家族は、屯長の隣家に依頼して対策を終えた。そうして私は、ここから約二キロメートル南東の村の呉《ウー》という農家に、潜むことにしたのである。

二　隠れ家への逃避

この呉という青年は、まだ二十歳を越えたばかりの若者で、住んでいる所はここから約二キロメートル程南東の、小さな湖の辺りにある村の住人である。彼はその湖で捕った淡水魚を売りに来たり、また、会社の電話ケーブル保全の手伝いをしてくれたりして、気心も分かっているので、安心して行ける所だと思ったのである。それにまた再三、「俺の所へ来れば、絶対大丈夫だから、また、いつまでいてもいいから」と、言ってくれているので、その誘いを受けることにした。それで、そこまで行くのにも密かに行動しなければいけないと言うので、やむなく夜中に行くことにしたのである。

これからは家族とは離ればなれになるので、くれぐれも家族の安全を屯長に頼み、当座の着替えなどを、弾丸の飛び交う中、社宅から運び込んだりして、何とか家族を落ち着かせた。それでもなお、戦況により屯長の家辺りまでも危なくなって不安な時は、日本人の集結している黒川開拓団へ避難することにした。まさか、開拓団にまでは弾丸も飛んではこないだろうからと、妻とも話し合いを済ませておいた。これで一応手配を終えほっとしたのだった。

このように、妻や子供に心細い思いをさせることとなり、心残りでならないが、周りの情勢から止むを得ないことになってしまった。鉄橋爆破後は、戦いも散発的で中休みのような情況であったが、町の共産軍兵力も増強されたらしく、この頃は一段と激しくなったようだ。いよいよ中央軍との決戦の様相となってきたようである。町の中を見てきた中国人が、

「共産軍の兵力が増強され、町の中は軍人でいっぱいだ」

と言って町の様子を聞かせてくれる。

戦いは迫撃砲の撃ち合いになり、屯長の裏庭にまで流れ弾の砲弾が落ちて、砂塵が舞い上がるなどしている。

このような情況下なので私が連行されないためには、一時家族と離ればなれになってお互い苦労を重ねることとなっても仕方ない。私の安全は家族の安全でもあるからだ。

内戦とはいえ、戦争には変わりない。両軍必死で、今が雌雄決戦の様相。これからどうなるのか私たちではとても予想は難しい。入手する情報で判断するしかない。

日が暮れて暗くなり、遅くなってから呉の迎えをうけた。しかし、夜もまだそんなに更けていないので心配になり、

「まだ早いじゃないか、大丈夫か？」

と、問い掛けると、

「大丈夫、共産軍のいないところは分かっているので、間道を行くから」

と言う。闇路を二人で、共産軍に見付からないことを念じながら恐るおそる歩いて行った。

三　隠れ家の生活

私が隠れた家は、中流以下の農家で、どちらかと言えば貧しい方である。この農家で、家族とは離ればなれの私一人の生活が始まった。先の見通しは暗い。

満州の地は中国でも極寒で知られている。このような寒い所だから暖房はオンドル式なのだ。このオンドル式というのは、下を空洞にして、一方に火の焚き口があり、他の一方には排煙口がある。焚き口で薪を燃やし火炎と熱気が床下の空洞を通り排煙口に出るようになっている。その熱さで床は暖かくなり暖がとれる。床の上にはアンペラ（いぐさで編んだ筵）と言って、とうもろこしの幹の皮で編んだ筵を敷き、その上で寝起きする生活なのである。私がいたのは春で火は焚かないが、その上でごろ寝した。

毎日の食事はこうりゃんのご飯に、副食は生ねぎに味噌をつけたもの。それに、時々韮の入った野菜の炒めものが出る。殆ど菜食で、豚肉の料理はたまに食べるぐらいである。魚などは目の前の湖で捕れるのに、自分たちは食べず専ら生活の金に換えていた。

呉の母親も気さくな人で、年は六十歳ぐらいであろうか、父親は早死にして親子二人だけの母子家庭であった。

私が一緒に食事をしていると必ず、

「こんなものだけど、食べられるか？」

と、大変気をつかってくれて、いつも食べる時に聴くので、

「とんでもない、何でも食べられるよ」

とは言ってはみるものの、さすがに毎日韮とにんにくの入ったものばかりでは参ってしまった。が、相手の好意が分かるだけにそんな顔はできない。何といっても今までに一度も食べたことのないものばかりで、私が嫌々気味に食べているように見えるのであろう。母親が心配してこのような思いやりの言葉をかけてくれる。

考えてみると、私のようなかつての敵国人をよくここまで面倒をみてくれるものだと、中国の農家の人の人間味の豊かさに頭が下がるのであった。また、この一家をはじめ、二十軒ぐらいの小さな村ではあるが、この村人たちも差別的な目で見ることもなく、何くれとなく気をつかってくれる。私も、村の一員であるかのようで、今も感謝の気持ちは続いている。

四　妻との連絡

劣勢の共産軍の抵抗も頑強らしい。朝早くから夜遅くまで、ひっきりなしに聞こえる銃声。その銃声がする方の遥か向こうに小高い鉄道線路が見える。この村はその鉄道から約二キロメートルぐらい東方にある。生命には関係ないがここへ来て一週間もたたないうちに蝨《しらみ》がついてしまった。私としては覚悟していたこととはいえ初めてのことで、もうかゆくてかゆくて、頭髪にまでつき、毎日蝨捕りに明け暮れた。それにしても、彼らはこの蝨によくも平気でいられるものだと感心したものだ。

時々呉が町に出ては、情報をとってきて知らせてくれる。一週間ぐらいしてから、私の妻子についての情報をもってきてくれた。気にかかっていた私の気持ちを察して、捜索してきてくれたのであろう。それによると、

「奥さんたちは、もう屯長の所にはいないよ。どうも開拓団の方へ行ったらしいよ」

と言って、そんな程度しか聞き出すことができなかったと言い、また、

「開拓団の方へ行ってみようと、町の中へ入ると、共産軍兵士が大勢配置されていて、と

ても行くことができなかった」

「それじゃ今が一番戦争の激しい時だね」

「町は中共軍でいっぱいだ」

まずその情報を聞いて、妻たちも日本人の大勢いる所へ行けば心強いことであろうと、ちょっと安心したのである。私と離れての中国人ばかりの中での生活は、妻たちには心細いことだったろう。私の心は痛んだ。それにしても、女・子供だけで荷物もあり、どんなふうにして四キロメートル近くもある開拓団へ行ったのであろうか？　このような情報を聞いてからは妻子のことがまた気にかかる。開拓団へ行ったとしても、団長は分かっているとは思うが、まだ見ぬ団の中の生活が心配になってきた。とにかく、断片的ながらも呉が情報を入れてくれるので助かる。

そうしたある日、私の心配そうな顔を見て、母親が私に、

「開拓団にいる奥さんも、貴方のことを心配しているだろうから、手紙を書きなさい。私が届けて、向こうの様子を見てきてあげるから」

と言う。そうしてまた、

「男の人が行くより、私のような老婆が行けば、共産軍に出会っても検問されることはな

いだろうから」

と、私のために母親が一役かってくれることになったのである。母親が鉛筆と紙を持ってきてくれたので、早速近況を書きあげ母親に渡すと、その手紙を着ている衣服を開いて懐深く肌身に付け、

「身体検査をされるといけないから、このくらい奥にしまいこむんだ」

と言いながら、昼過ぎに出掛けた。そうして夕方近くに向こうからの手紙を携えて帰ってきたのである。

「途中、中共軍の兵士にたくさん会ったけれど、歩哨に用件を問われただけだった」

と言って、また、

「奥さんを捜し出すのにちょっと手間取ったが、手紙を渡すと大変喜んで、すぐ返事を書いてくれた。奥さんも子供も元気だったよ」

とのこと。お陰で心配していた妻子の動向・安否を知ることができ、ひとまず安心した。私に対してのこの親子共々の親切は、親身も及ばぬという言葉があるが、全くその通りである。私は心の中でそっと手を合わせた。

中国人は、私たちとの会話の中でよく〝シンホワイラ〟とか〝シンテンホー〟と言う。

それは心の悪い人、心の良い人のことで、呉の家族は心優しく世話好きで、それこそシンテンホーの一家である。私たちのように、戦争で何もかも失ってしまっているのに、とても損得ではやれるものではない。

五　村祭りの日

五月の何日であったか、今となっては記憶をたどっても思い出せない。そんなある日、呉が、

「明日はお祝いの日で、村中がご馳走を作って食べるから、所長も一緒に食べさせてやる。楽しみにしていなさい！」

と言って浮き浮きしながら何だか楽しそうである。

そして村の人々が飾り付けのようなものを各戸でやっている様子を見ていると、私が小さい頃、田舎の祖父が、菖蒲の葉と蓬の茎葉を束ねたものを屋根の上に放り投げていたことを思い出した。それと全く同じことを、各戸でやっていたのである。その意味を聞いてみても、説明してくれるが言葉がよく分からなかった。まぁ、とにかくお祝いの行事を見

てみることにした。

翌日、夜が明けたばかりの早朝、村外れの西片角の祠《ほこら》が祭られている方角から、経を読む声やら、賑やかな話し声も聞こえてくる。しばらくすると、豚のヒーヒー、ギャーギャーという悲鳴らしい鳴き声が聞こえてくる。嫌がる豚を追い回す時の鳴き声みたいな喧しい声がするので、何事だろうと思って見に行こうとすると、

「行っちゃいかん！」

と、叱りつけるような口調でたしなめられてしまった。

「どうして見に行ってはいけないのか？」

と聞いてみると、何かこの行事では見物は禁物となっているとのことで、他の村人もやはり皆それぞれ家にいる。どうもその日の役員か、あるいは当番という人々だけで執り行う行事らしく、

「とにかく美味しい食事が出るから、ここでじっと待っていなさい」

と、またもたしなめられた。

言われた通り待つことにしたが、珍しい慣習を見たかったのに残念でならなかった。

昼頃になって、呉がご馳走の準備ができたからこちらへ来なさいと、迎えに来た。後に

付いて案内された所は、今日の当番に当たっている民家であった。そこでは、大きな釜が四個、中には豚肉の料理がふんだんに煮えたぎっていた。村人たちはそれを食べながら、和気あいあいの談笑をしていた。その中へ連れ込まれて、呉が色々の料理をとってくれる。久し振りの肉料理である。その中でも、

「これが一番ご馳走で、とても美味しいから食べなさい」

と言って勧める一品を見ると、それは、形は太めのソーセージ状の物を輪切りにして食べるというもの。しかし、食べてみると、私には言われる程美味しくはなかった。なおもこの特別料理を誇らしげに説明し、もっと食べろと言って、今日の行事を大変楽しんでいる様子である。それに、祝い酒に酔って、多少多弁になっているようにも見える。村人たちは部屋が余り大きくないので、入れ代わり立ち代わり、賑やかに食べて帰るのである。

それで、このソーセージ風の料理というのを詳しく聞いてみると、屠殺した豚の腸に、その豚の鮮血を詰めて煮詰めたものだという。それを聞いてますます食べるのをためらい、手が出なかった。

この行事は、日本の五月の節句のようなものであろうか。田舎の古いしきたりで菖蒲と蓬を束ねたものを屋根に放り上げるところは、日本独特のものと思っていた。ところが今、

目の前で全く同じことが行われるのを見て、この慣習は中国文化の影響を受けていて、日本から発生したものと考えるのは無理のようである。広大な中国大陸で、こんな片田舎にまで根付いている慣習、恐らく千年も二千年も昔から行われていたものと思われる。それがいつの日か日本に伝来して、そっくりそのままの形式が、寸分違わず慣行化してしまったのであろう。

今は日本も、欧米の文化をパン食から始まって、椅子の生活、クリスマスの行事など無条件に受け入れているが、昔もやはり同じようにその頃の中国文化を受け入れていたのであろう。日本本来のものと思っていた私も、何か複雑な思いになるのであった。

六　共産軍の撤退

この民家に隠れて一ケ月近くたった頃、またまた中央軍の進撃が始まるとの噂が入り、もう入城も間近いとのことであった。このような情報は呉が時々町に出掛けては取ってくるし、その他にも色々な情報を持ってくるのである。その中の情報の一つとして、中共軍が撤退する時はあの中継所を爆破するとの噂も出ているとのことであった。

刻々変化する情勢に素早く対応しなくてはならない。その点、中国人は内戦の多い国であったので、情報をつかむのも早い。教えてくれた情報は信用してもよいようである。今までに聞いた情報のすべてに誤報はなかった。全くその通りとなって、随分助かった。

それからしばらくして呉が、もう中共軍は退却したのではないかと言いながら、ちょっと町へ見に行ってくるからと、出掛けていった。なるほど、そう言えばもう銃声が全く聞こえなくなり静かで、戦いは終わったように思える。しかし中央軍が進駐しているような気配は見られない。鉄道線路は、この村からさほど遠くなく、見える位置であるから、進駐するならばここからでも望見できるのに、どうしてこうも静かなのであろうか。あの戦いの時に比べて、かえって無気味な感じがする。

夕方頃町から帰ってきた呉が興奮して、いきなり、

「所長！　大変だ！　大変だ！」

と大声で喚き、続けて、

「中継所は中共軍により爆破され、裏にある社宅はすべて住民の襲撃により略奪され、どの社宅も持ち出せる物はすべて奪われて、建物の骨組みだけになっているよ！」

と一気にしゃべるのである。それを聞いて、驚きを通り越してがっくりとなり、返す言

葉も出なかった。

これでもう自分の家はなく、帰る所はなくなり、無一文、無一物となり、正真正銘の素っ裸になってしまったのである。いよいよ来るものが来て、落ちるところまで落ちたことになり、どうしたらよいのか、大変なことになってしまったものだと、落胆どころではなかった。妻子はある程度の物を持ち出して、開拓団に行っているだろうと思うが、これとても、当座の着替え程度で、女・子供だけでは、とてもそんなに多くは持ち出していないはずである。どうしたものかと途方にくれてしまった。先のことを考えて、その夜はなかなか眠ることができなかった。

翌日になって呉が、

「もう中共軍はいないから、町へ見に行ってみないか?」

と誘うので、恐るおそる出掛けてみた。

まず、中継所に入ってみると、二階の機械室床に爆薬を仕掛けたのであろう。その機械室は真ん中から床が抜け落ち、中継機もろとも無残な姿で、見るかげもなくなっていた。一階の電力室とか電池室も手の施しようがなかった。

次に社宅に回ってみると、これもまた、戸や襖は勿論、持ち出せる物はすべてなくなっており、床板までも剥がされている。柱ばかりで、家を建てる時の建て前の頃よりもひどい有り様。これが今まで私たちが住んでいた家なのかと、溜め息ばかり。もう一度中継所に戻り、宿直室に入ってみたが、やはり、社宅と同様に壊され一物もなくなって住めるどころではない。

職員の行方も知れず、何とか開拓団に行って、日本人集団の中に入っていてくれればよいがと、願うのみであった。

この有り様を見て、どうにも手の打ちようのないことが分かり、ひとまず呉の家に引き返したのであった。

七　伝染病にかかる

夕食後呉が、

「所長は今後どうするのか？」

続いて、

「ここには、いつまでいても構わないが、奥さんや子供のことが心配であろう」

と言う。全くその通りである。いつまでも途方にくれているわけにはいかない。また、何もしてやれない私がいつまでもここで厄介になるわけにはいかない。とにかく開拓団へ行ってみて、妻とも話し合い、それから方針を決めようと考えた。さっそく明日にでも開拓団へ出掛けよう。町の方も中共軍は総退却して心配ないようだからと、心に決めた。

ところが夕食後、呉とこれから先のことを話し合っていたが、どうも体の調子がおかしい。話が余りにも重大なので、体のだるさを我慢しながら、とうとう夜更けまで話し込んだ。翌朝、みじかい眠りから覚めると頭がガンガンして、ひどい熱で起き上がることができない。驚いた呉の母親が水タオルで冷やしてくれるが、一向に熱が下がらない。検温器はなく、何度あるかも分からず、ぞくぞくした悪寒がおそって、とても起き上がれない。

夏も間近いとはいえ、風邪をひいた様子でもない。早く妻子と会って今後のことを相談しなければならないと心はあせるけれど、体が言うことをきかない。

水で冷やしながら二日が過ぎた。が、熱は下がらない。私の感じでは、三十九度以上ではないかと思った。病状は日を追って重くなるばかり。呉も心配して、

「日本人の医者が町にいるから、そこへ行ったらどうか？」

と言ってくれた。私の記憶では、日本人の医者は元々いなかったが、ただ一軒、朝鮮人

の医者の医院があったことだけは知っていた。転勤してきた直後に、三女が箸を喉に刺し出血多量で、治療に行ったことがあったから。

「日本人の医者は前々からいなかったはずなのに、また、どうして？」

「最近、日本人の医者夫婦が町に来たんだ」

と、言うのである。

それならば一刻も早く行ってみようと、高熱を我慢しながら呉に連れられてその医院の門をくぐった。

八　入院生活

その医者へ呉と出掛けようとした時、彼の母親が、

「奥さんに知らせてやるから！」

と言って、開拓団へ向かってくれた。

私は、あの朝鮮人の医者と入れ替わって、てっきりその家だろうと思っていた。ところが、予想に反して、それは旧気象観測所の建物だった。この情勢の悪い時に、どうして日

本人の医師がこんな町に居を構えたのか。日本人なら早い帰国を願って南下しているはずなのに、と疑問をもった。しかし、今の私にはそんなことはどうでもよく、高熱の苦しみから、早く医者にかかり、治療を受けたい気持ちでいっぱいだった。

その後の激動で、その医者の行方は分からなくなってしまったが、診察の結果、

「これは再帰熱といって、虱から感染する伝染病です。梅毒の治療に使う六〇六号を注射すれば、すぐ治ります」

とのこと。私は四、五日続いた高熱の辛さから解放されると思い、ほっとしながら、

「よろしくお願いします」

と頭を下げた。すぐに一回目の注射。その注射直後、呉の母親から連絡を受けた妻と子供が駆け付けてきた。約三ケ月振りの妻子との再会。胸がいたんだ。しかし、元気な体なら言うことはないが、思わぬ病床に伏す我が身。涙をおさえながら元気そうな家族四人を見て、安心と同時にこの病気は一日も早く治さねばと、心に誓った。またその日の夕方、あの周屯長が誰から聞いたのか早々と見舞いに来てくれた。そうして、困っているだろうからと薪やこうりゃんなどを持ってきてくれ、その他、何か欲しいものはないかとか、用件があったらいつでも連絡しなさい、と言って帰って行った。また、中国人職員も聞き付

けて見舞いに来てくれた。この町での情報の流れは早く、まだ病院に来たばかりで一日もたっていないのに、すぐ私の動向が分かってしまったのである。

また、妻の話によると、開拓団からここへ来る途中、町へ入ってしばらくすると、一軒の店から出てきた人に呼び止められ、

「おまえは中継所長の奥さんだろう？」

と聞かれたので、

「そうです」

と返事をすると、

「ちょっと待っていなさい」

と言いながら店の奥へ入り、一個の包みを持ってきて、

「困っているだろう、これをあげるから所長に食べさせなさい」

と言って一つの包みを渡されたと、その包みを見せるのである。妻はその人を知ってはいなかったが、

「有り難う」

と言って貰ってきたと言う。包みを開けてみると、何とそれは、日本味噌であった。

中国の思わぬ人々からの親切に、今さらながら私は深い感動をおぼえたのである。因《ちな》みに味噌をくれた人は、妻から聞くその人の姿と店の位置からして、町の食料品店の主人で、私が時々そこで買い物をして、よく四方山話《よもやまばなし》をした人であろう。こんな人のところまで、私の今日の入院が知られているとは、中国の小さい町の情報の早いのには実に驚くばかりである。

入院したその日の夕食から、ここの炊事場を使って食事を作ることになったが、何しろ鍋釜もないので、全部医者の物を借り受けて、何とか食事の支度ができるようになったのである。

入院治療の効果が出たのは五日ぐらいしてからで、やっと熱が下がり、常態に戻った。しかし、続いた高熱との闘いで熱が下がっても体に力が入らず、特に足が弱くなっていて歩行が困難で、立ち上がるのさえやっとであった。こうなると後は日にちが薬というか、その後は日に日に快方に向かい、もうこれで大丈夫とやっと安堵の胸を撫で下ろしたのは、それから一週間も後であった。

すっかり熱が下がり平熱となってから、この医者（氏名は思い出せない）や奥さんと、この頃の情勢やらを話し合っているうちに、中継所爆破当時の話にうつり、

「爆破されると同時に、民衆の略奪が始まり、それを目の当たりにして、その凄まじさには驚きました。本当に物凄かったですよ」

と、当時の様子を語ってくれたのである。

「私たちもその中に交じって、民衆と同じようにこれだけやっと、貴方の家から持ってきておきました」

と、奥からボストンバックや、他に四、五点持ってきて、目の前に出された。見ると、正《まさ》しく私の物である。やり切れない気持ちを抑えて私は、

「治療で私の危難を救っていただき、本当に感謝しています。しかし、こういう生活ではお支払いする金もありませんので、それでよければもう未練はありませんから取っておいて下さい。お二人でお使い下さい」

と、提供した。そしてその医者に、

「貴方たちはこの陶頼昭へ、どうして来られたんですか？　日本人の医者がいると聞かされ、半信半疑でしたよ」

「えー、私は牡丹江《ムータンジャン》からここへ来たのです」

と言い、続けて、

「私は元陸軍の看護長でしたので、貴方の病気はすぐ分かりました」

とのこと。私の症状は今までに何人ものこうした患者に接してきた経験で診断できたのであろう。

「そうだったんですか。助かりましたよ。本当に有り難うございました」

満州では蝨は普通で、この蝨に寄生する病原菌からだとしたら、この地方特有の伝染病であったのであろう。

この医者が、どういういきさつでここに居を構えたのか、私もそれ以上尋ねもしなかった。

遠い牡丹江から、ここまでどうやって来たのだろうかと、私には想像もできないことである。私は病床でこの医者一家の逃避行に思いを馳せたのである。

いずれにしても、運よくこの医者と出会い的確な診断を受け、原因が分かったのは私にとっては幸運であった。危急を救ってくれた名医である。やはり、私に運があったのであろう。大変な病気にかかり、よくも命拾いできたものだと、この頃でも時々思い起こしている。

7　脱出

一　中央軍支配下へ脱出

毎日、呉が見舞いに来て、今後はどうするのかと心配してくれる。そして、

「もし、新京へ出たいならば、渡河の舟は世話してやるから」

と身を案じてくれるが、職員の行方が気掛かりで、このままではとてもこの地を離れられない。どこへ行ってしまったのか、爆破以来行方知れずなのである。知人の中国人に聞いてみても、

「分からない」

の言葉がかえってくるだけであった。

町では、中央軍の入城を待ち焦がれ、早く入ってきて治安の平定をと願っている様子が雰囲気で感じられ、誰に聞いても、

「もうすぐ入って来るから安心だ」

という返事。

私の体力も回復して、起きて歩き回れるようになった。

そんなある日、捜していた職員の一人が突然現れた。この職員はTといって子供のいない、奥さんと二人だけの中年の職員。奥さんはもう随分以前に、Oという子供のいない中年の職員夫妻と共に新京へ出ており、独り身で逃げるのも身軽だったのだろう。

この職員が話すところによると、共産軍が退却する時に捕まり、中継所爆破に使われたとのことであった。中共軍も内情をよく知っている職員を使えば有効だとふんだのであろう。

「一番重要な所に爆薬を仕掛けろ！」

と銃剣で脅かされ、監視の中で仕掛けをやらされた。隙をみて逃げ、中国人にかくまってもらったということであった。

お互いに大変だったなあ、と慰め合う。

私も今度の病気で、これから先この無医村のような町にはいられないし、住むにしても、家は略奪にあい一物もなく、どうすることもできない。その後もう一人の職員を捜してみたが見付からない。もうこのへんで決断した方がよいと考えた。それで、T職員と私たち五人の計六人で新京へ出ることにした。そこで、呉に、松花江を渡る舟の用意をしてくれるよう依頼したのであった。

渡河の用意ができれば、当然、金が要ることになる。その舟賃は、妻が退避する時にあらかじめ非常袋に入れて持っていた多少の金子《きんす》から一部を充当することにした。

「舟は夜中でなければ出せないので、予定が決まったら迎えにくる。いつでも出立できるよう準備だけはしておきなさい」

と呉は言う。

そこで、いよいよ脱出の準備に取り掛かった。ところが、何しろ〇歳の子供がいて、新京までどのくらい日数がかかるかも分からないので、二人の姉と三人の物を用意するとかなりの荷物になる。私は病み上がりで、荷物は持てない。しかし先のことを考えると、私と妻にそれぞれリュックサック一個ずつがどうしても必要になる。思案投げ首の体であった。ところが、たまたまこの病院に寄宿していた独身の若い日本人が一人いて、

「私が手伝って持ってあげますから、一緒に舟に乗せてくれませんか?」

と言う。また、医者からも、是非そうして欲しいと頼まれた。私たちも、それこそ渡りに船と同伴してもらうことになった。

こうして、荷物を持ってくれる人ができたので、脱出も心強くなった。後は出立を待つだけ。

一日おきぐらいに呉が連絡に来てくれる。今日もまだ舟の用意ができないと伝えに来たので、この青年のことを話して一緒に乗船させようとしたところ、駄目だと言うのである。

「俺は、中継所の皆さんは真の友達で、今まで仲良くして来た人たちであるからしてあげるのだ。この人は駄目だ！」

と、どんなに頼んでも頑として聞き入れてくれない。止むを得ないので、その旨をその青年に伝えて了解をとると、

「私は別ルートから渡河します。それで、松花江の町に入って落ち合うことにしましょう」

「松花江の町といっても、町のどこで待ち合わそうか？」

「そうですね。松花江の駅がいいんじゃないですか。私は独り者だし、貴方たちが来るのをそこで待ちますから」

と言う。打ち合わせが済むと、青年は一足先に開拓団に向かって、私たちの荷物一個を背負い出掛けて行った。

二　渡河

逃避しようと決断はしたものの、五歳を頭に三歳と〇歳の子供を連れて、しかも、相当量の荷物を背負わねばならない。妻は末の子供を背負えば、荷物は手に提げるしかないし、私は病み上がりでまだ足がふらつき、歩いても疲れが早く、果たして目的地である松花江の駅までたどり着けるだろうかと心配であった。中共軍は撤退したとはいうものの、中央軍はまだ入城しておらず、中共軍の残党もいるだろうし、それに、民衆からの危害も考えなくてはならないし、と不安は次から次へとわいてくる。

渡河地点の乗船場は、松花江の町から三、四キロメートル上流のところらしく、対岸に上陸してからは、道のない川岸とか湿地帯を歩くことになる。

川岸伝いに歩けば、松花江駅に着くことは分かっていたが、果たしてそんな道路があるのかも全く分からない。とにかく、対岸へ上がれば何とかなるだろうと、漠然としたものであった。

私はこの陶頼昭に転任して来た当時、よく魚釣りに出掛け、松花江の対岸に当たる付近

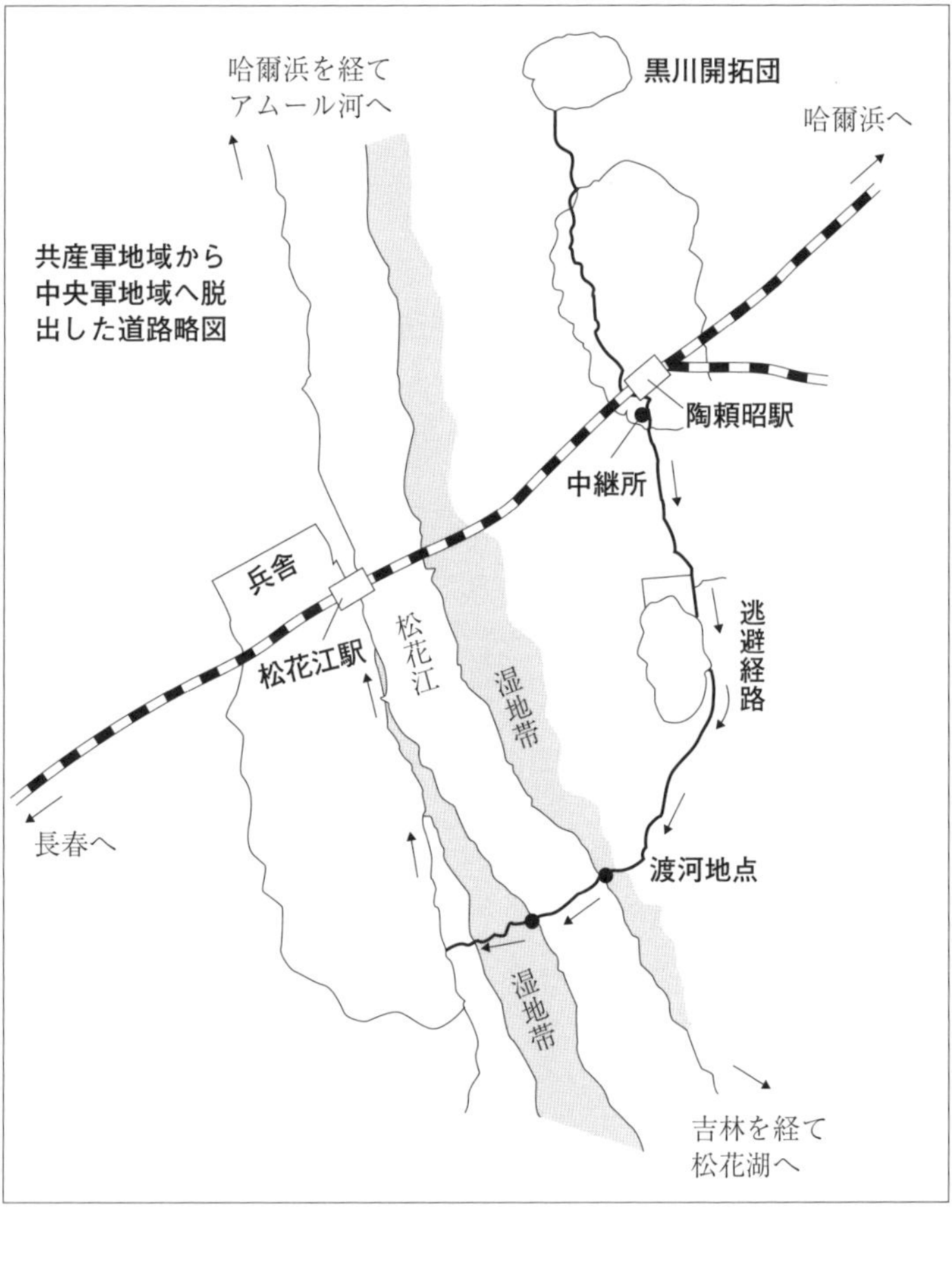
共産軍地域から
中央軍地域へ脱
出した道路略図
黒川開拓団
哈爾浜へ
哈爾浜を経て
アムール河へ
陶頼昭駅
中継所
兵舎
松花江駅
松花江
湿地帯
逃避経路
湿地帯
渡河地点
長春へ
吉林を経て
松花湖へ

まで行っているので、湿地帯の情況は大体分かっている。

とにかく、中央軍の支配下に入れば治安も確立しており、惨めな思いをしなくて済むと考えたのである。また、本社へも連絡がとれるし、大勢の日本人のいる所へ行けば、心強く安心でもある。この地から一刻も早く逃避したい気持ちが強く、この冒険とも思える、平素ならとても考えられないような無謀な行動を決意し、敢行に踏み切った。周囲の事態がそこまで私を追いつめていたのだ。

病院の治療費は医師との話し合いで前述の通り私の家からの拾得物で、

「まことに申し訳ありませんが、今の私にとってはこれが精一杯です。何卒よろしくお願いします」

「こんな時お互い様ですから、結構ですよ」

と快く受け容れてもらった。

病院の整理を終え、呉からの連絡の来るのを待っていた。すると、それから四、五日後の夕方遅く、呉が連絡に来た。

出掛けるとなると、何分にも金の持ち合わせが心細いので心配になり、まず、舟賃は幾らかと確かめたところ、記憶では確か五百円ではなかったかと思う。多少の金はあったので呉に舟賃と、今まで大変世話になった謝礼を渡そうとしたら、舟賃は受け取ったものの、謝礼だけは頑として受け取ろうとしない。少ないけれども私の心ばかりのお礼だからと言って、むりやり呉の着ている衣服のポケットに押し込んだ。

舟は夜半しか出せないそうで、迎えに来るまで待つようにと言って呉は一旦帰っていった。

夜半まではまだ時間があったので、これからの行動について妻とT職員と三人で分担を確認し合った。妻は、末娘がまだ○歳の赤ん坊であるから背負わねばならず、二番目の娘は三歳であるからT職員に頼み、一番上の娘は五歳でもう何とか歩けるので、遠い道程で大変かも知れないが歩かせて、私が手を引いて行くことにした。私はありったけの着替えや大切な物を入れるために、リュックサックのできるだけ大きいものを用意していたので、それに一杯詰め込んだ。大変重くて、辛うじて背負える程度であった。病気が治ったといってもまだまだ全快ではないので、背負ってみると足がふらつき、立ち上がることができない。しばらく担ぐ練習をしたりして、やっと歩けるようになった。それでも私も気が張っているから、気強く歩いてみせたりする。その私の姿を見て、妻がこれではとても乗船場まで歩けそうにないと思ったようで、

「大丈夫なの？　それではとても乗船場まで行けそうにもないわ……ほんとに歩けるの？」

と、再三、再四しつこく問い掛けてくる。

「大丈夫行ける。もう少し体を慣らせば」

私は気強く言って、歩行練習を続けた。夜半少し前、呉が迎えに来た。医者に礼を述べ別れを告げて、呉の案内で出発。道路を歩けば見付かって危険だからと、道のない所を歩くので、荷物は持っているし子供は連れているしで、それは大変であった。川岸に近くなると、私の背丈の倍程もある葦《よし》の薮というよりも、まるでうっ蒼とした林である。それを掻き分け掻き分け、やっと舟の用意してある所にたどり着いた。私たちが話し声を出すと呉が、

「静かに！　静かに！」

と注意される。呉が舟賃を渡し、私たちは乗船した。

これで、呉ともう会うことはないであろうし、永の別れだなと思うと万感胸に迫り、舟の中から幾度も頭を下げ手を振る。暗闇で見えないとは思っても、感謝の念が無意識にこの動作をさせる。外は暗やみ、あっけない別れとなった呉であったが、その面影はいつまでも私の脳裏にある。ここへは二度と来ることはあるまいと、暗い川面に目を注ぎなが

ら、感慨に耽っている間もなく、二十分ぐらいたつと舟はもう対岸に着いた。ここも、乗船した所と同じ葦の林である。

静かに降りたつもりであったが、途端に、警備兵らしい者が三人、闇をすかしてよく見ると、武装した兵である。駆け寄ってきた彼らに捕まってしまった。私たちは船頭もろとも、近くの砂丘へ連行された。そこで尋問が始まった。最初私たちに、船頭には幾ら支払ったかと聞くから、正直に五百円を支払ったと返事をする。ところが、船頭は百円しかもらっていないと言ったらしく、兵士たちは「こいつ嘘を言う悪い奴だ」と言って殴りつけている。それを見た妻が同情して、

「そんなことをしてくれるな。私たちを親切に運んでくれたんだから」

と拙い中国語で話し掛けると、どうやら分かったらしく、やっと許され、

「よし、帰れ！」

と言って放免した。今度は私たちに対しての型通りの尋問に入り、まず、

「どこから来たのか？」

「陶頼昭からだ！」

「どうしてここを通って、また、どこへ行くのか？」

などと質問してくるが、そうした問いに対してすらすらと答えられるような、中国語の達者な者はいない。何とか納得させねばと、必死であった。時には興奮のあまり、つい日本語が飛び出したりして、陶頼昭のこと、中共軍が中継所を爆破してしまったから逃れてきたことなど、説明に努めたのであった。じいっと聞きいっていたが、分かったのかどうか、今度は荷物の検査をはじめ、リュックサックの中身まで出させる。何の目的で検査するのか分からない。何とか早く放免されたいと、出てきた新品の軍足とか肌着とかを、貴方たちにあげようと言って妻が差し出すと、要らないと言いながらも受け取るのである。

このように、彼らのご機嫌をとったり、できるだけの手段を講じたのであった。兵たちは黙って話を聞いていたがしばらくすると、またもや、妻の提げている荷物の検査に取り掛かろうとしたので、それは、背負っている子供の荷物だと言うとそれには手をつけず、検査追及もそれ以上はしなかったのである。

そのうちに空がしらみかけ、お互いに相手の顔がはっきり見えるようになると、

「もういいから行きなさいっ」

と、約一時間足らずの尋問であったがやっと解放され、あの捕まった時とは打って変

わったやさしい態度になったのである。お互いの顔も見え、態度や話などから了解したのであろうか。そして会話も打ち解けてきて、松花江駅までの道などを、詳しく教えてくれたりした。

最初捕まった時は、こんな所で捕まってどうなることかと、心中穏やかではなかった。いまさら、どうあがいても仕方がない。あたかも、猫に押さえられた鼠のような絶望的な気持ちだった。しかし、一方ではこうなればもうどうにでもなれと居直りの度胸も出てきた。それで、妻と私が盛んにしゃべり捲ったのであった。職員はとみると、私たちにまかせっきりでただ黙って見ているだけであった。

やっと解放されると、一刻も早くこの場を立ち去りたいの一念で、前方に目をやった。すると、夜明けの薄暗い葦の林をすかして、遥か遠くに人家の明かりが点々と見え隠れしている。その方向を目標に歩く。気ばかり焦るが、何しろ、湿地帯と砂丘を越えて歩くので、普通の道路を歩くようには進めない。私は病み上がりで、おまけに大きな重いリュックサックを背負い、子供の手を引いて進むのである。また、湿地帯は河の流れでできたものので、凹凸《おうとつ》が多く、二回、三回と滑って転ぶ。他の誰も転ばないのに、私だけがこの有り様である。やはり、病後なので足に踏ん張りが効かないのであろう。それを眺めた妻が心

配して、

「大丈夫？　少し休んで行きましょうか？」

と声をかけてくれるけれど、早くここから抜け出したい気持ちで一杯であるから、

「大丈夫だから早く行こう」

と、歩き続けた。

三　スパイ容疑で憲兵に捕まる

歩きにくい葦の林を抜け出たと思ったら、本流から分流している小さな川岸に出た。見渡しても橋など見えない。もうこうなれば思案していてもしようがない、何とかして渡らなければ目的地へは行けない。川幅は十メートルばかりで、流れをよく見ると水はとても奇麗で川底まで見え、さほど深くもなさそうなので、これなら何とか渡れそうだと思った。しかし、川底の土砂が軟弱で、足をとられては大変なことになるなと思いながら、恐る恐る足を踏み入れてみると、案外川底は堅く、力を入れて踏み込んでも足はめり込まず、これなら大丈夫そうである。また、深さも私の膝ぐらいなので、ここを渡ることにした。ま

ず、私が子供を抱き抱えて先に渡し、続いて大人たちもどうにか渡り終えることができてほっとした。さらにその先、幾つかの水溜まりのような湿地帯を越えたので、皆、腰から下はずぶ濡れになってしまった。川を渡り、葦の間を通り抜け平坦な所へ出た途端、前方遥か彼方にずらっと立ち並ぶ町並みが目に入った。平坦地の所々に耕作地も見えやっと人心地がついて、安堵の胸を撫で下ろした。その安心感が私の気を緩めたのか、どっと疲れが出て、無性に水が欲しくなってきた。しかし、持ってきた水筒のお茶は、もうとっくに飲み干して空っぽ。しかし、疲れたからといって長い休息をとることもできないし、とにかく頑張って早くあの町まで行き、飲料水を求めねばと、焦る気とはうらはらに全員が疲れた足取りで進むのであった。

逃げるのに夢中で、子供の様子にまであまり注意をしなかったが、やっとの思いで難所を抜け出て、改めて子供を見てみる。〇歳の子供は、妻に背負われっぱなしなのでちょっと休息をと下ろしてみると、背負い帯が柔らかい足に食い込み赤くただれている。そのうえ、開拓団生活からの不衛生と、食べ慣れない食事の連続で、血便を出しているのであったが泣きもしなかった。三女はまだ年端もいかぬよちよち歩きの子であるから、一緒に来た職員の肩車の世話になっていた。次女はとみると、さすがに私たちのただならぬ異常事

態を子供心ながらも雰囲気から感じとっているのであろう、疲れたとは言わなかったのである。かえって、私の病気を気にかけて

「お父さんは大丈夫？」

と、気遣っている。

昨夜からの恐怖と緊張の連続で、そのうえ、舟の着けられたところが川岸でなく中州だったので、膝まで水に浸かり何とか渡河はできたけれども、心身ともに疲れ果てていた。やっとのことで町へたどり着いた。ところが、私だけ口の乾きがひどく、どうにも水が欲しくてたまらない、先刻も川を渡る時、よほど川の水をと思ったが、ただでさえ弱っている体に不衛生な川の水を飲んで取り返しのつかないことになってはと、我慢に我慢を重ねてきていたのである。それで、町の入り口に着いた途端、たまりかねて早起きしている一軒の民家を見つけ、

「お茶を売ってもらえないか？」

と頼むと、出てきた四十歳ぐらいの男が、

「日本人は駄目だっ！　おまえたちには何もやれない！」

と、荒々しい言葉で断られてしまった。それでもなお、

「私が病気でお茶が飲みたいから、この水筒に一杯売ってくれないか？」

と懇願してみたが、今度は大声で手を振り上げ、

「日本人は駄目だっ！　早く出ていけっ！」

と怒鳴りつけられた。やむなく、すごすごとその家を出た。その私たちの後ろ姿に捨てぜりふのような言葉を大声で吐きかけてくる。こんな惨めな思いをしたのは、生まれて初めてのことである。これも敗戦国民の悲哀なのか。彼から見る私たちの姿は、衣服は破れ、泥んこで、まるで物乞い同然。懇願するその姿は、きっとみすぼらしく映ったのであろう。

朝が早すぎて、町の店もまだ開いていない。仕方なく五、六軒先の、やはり戸の開いた民家に入り、先程と同様お茶を売ってくれないかと頼んでみた。すると、中年の夫婦が出てきて先程の家とは違い、

「貴方たち日本人は気の毒だ！　どうぞお飲みなさい」

と打って変わった応対。朝食の支度をしているところだったらしく、熱い湯のやかんを持ってきてくれるし、また、奥へ入って彼らの常食であるこうりゃん飯を、中華丼に二杯持ってきて、

「貴方たちはご飯も食べていないだろう。これを食べなさい」

と、差し出されたのである。

地獄に仏とはこのことであった。

朝食用には、焼きおにぎりを用意して持ってきてはいた。何分にも、昨夜は一睡もしない強行軍で、しかも、恐怖の中をくぐり抜けてきて緊張が解けず、おなかがすいたという感じはなくて、食べる気はしなかった。ただ私の病み上がり体調からくる乾きのための無性な水欲しさから、民家に助けを求めることになった。しかし、出されたご飯はとても食べられず、厚意だけを受けたのである。

熱いお茶で水分の補給ができ、私はやっと人心地がつき元気を取り戻した。しばしの休息もとれたので、厚くお礼を言い何がしかの金子を差し出したところ、

「そんなものは要らない。貴方たちは困っているのだから」

と受け取らない。何とか渡そうとしてもどうしても取ってくれない。仕方なく妻とも相談して、あの松花江の河岸で兵士にやったように、軍足などを差し出したが、やはり固辞して受け取ろうとしない。止むを得ず、金子をやかんの下に置いてその家を出たのであった。

駅へと歩くうちに夜もすっかり明け、町は賑やかになってきた。道の両側には露店がず

らりと並び、まるで市が立ったように朝の買い物客で混雑しはじめた。私たちもこの立ち並ぶ店を見ながら、ようやく落ち着きを取り戻し、

「私たちも口に合うものがあったら、何か食べようか?」

と話しながら露店を眺め駅に向かって歩いていると、突然、三人の中国人が行く手を阻んだ。びっくりして何事かと思う間もなく、私たちを取り囲んで詰問しはじめたのである。これはまたどうしたことだろうかと不審に思い、そのうちのリーダー格らしき人に尋ねてみた。すると、

「おまえたちは、中共軍のスパイだろう?」

と言う。

「とんでもない、違うよ!」

と軽く受け流していたが、

「俺たちは中央軍の憲兵だ」

と身分を明かした。それにしては、服装から見ても三人とも私服で、軍人とは見えない。が、憲兵ともなれば職業上、変装も有り得ることである。私たちが松花江の対岸から来た避難民であることは、身なりを見れば一目瞭然である。どんなに釈明しても、スパイだと

言って聞き入れてくれない。不十分な中国語であるから、私の説明ではとても分かってもらえそうにもないので、今度は地面に字を書いて説明してみるが了解してもらえなかった。私は、これはまた大変なことになったものだ、一難去ってまた一難かと、必死に弁明したが甲斐なく、ますます詮索は厳しくなるばかりであった。私たちからすれば、日本人の避難民であって、何がスパイかと言いたくなる。しかし、考えようによっては、中共軍はそうした人たちを使っているのかもしれないし、嫌疑をかけられるのは当然かも知れない。ついに、周囲には物見高い群衆で人垣ができてしまった。それで憲兵も、ここでいくら詰問してみても要領を得ないと思ったのか、司令部へ連行するから付いて来いと言って歩きだそうとする。私はちょっと待ってくれと言いながら困り果て、どうしたものかと考え込んでしまった。そうして、何の気なしにふと道路の向かい側に目をやると、何と！　その目の前を、元職員で、最後まで共に行動してきた中国人が、朝市へ買い物に来たのであろう、ざるを持って歩いているのが見えたのである。あぁ！　これは天の助けであろうか！　これ幸いとばかりに大声を張り上げ、

「黄《ホワン》、黄！」

と呼ぶと、聞き慣れた声音にすぐこちらを振り向き、私であることに気付いて、駆け

寄って来たのである。久し振りに会った彼に、どうしてこんな所にいるのかとか色々尋ねたい気持ちであったが、それを抑え、何としてでも私の嫌疑を晴らしてもらうのが先決である。私の今おかれている情況を話して、スパイ容疑で尋問されているところだから、そうではないことを証明してくれるよう頼んだのである。すると早速、温和でどちらかと言えば無口な男であった彼が、とうとうと弁明してくれたのである。彼の話を黙って聞いていた憲兵が、やっと了解できたようで、

「それは大変だったね。そんな人とは知らなかった。よく分かったから」

と、先程とは一変して笑顔となり、言葉も丁重となってきたのである。そうして、

「そんなに苦労して来たんですか？　それでは貴方たちに、新京までの無料切符をやるから、一緒に司令部まで来なさい」

と、すっかり態度が変わってしまった。こうして駅まで憲兵と共に行くこととなったのである。

せっかくここで出会った黄に、詳しい話や聞きたいこともあるのに、ほんのちょっとの立ち話だけになった。

「さあ、行こう」

と憲兵に促され、止むなく黄に礼を言って別れるという、心残りのする出会いだった。

黄は、何とか中央軍の支配下に脱出してきて、戦争が終わるまでここにいるようなことを言っていた。また、ここは奥さんの里でもあるとのことであった。

憲兵と共に司令部へ向かって歩いていても私としては半信半疑で、このまま拘留されてしまうんじゃないんだろうかと考えたり、また切符をやると言っているが嘘ではないかと疑いが出て、私たちから見ると、憲兵は私服でもあり、なかなか信じきれなかったのである。しかし、松花江の駅に着くと、

「私が来るまでここで待っていなさい」

と、待ち合い室に待たされた。

駅までたどり着いてみると多少落ち着きが出て、すっかり忘れていた「別ルートで行きますから」と言って、私たちの荷物を持って先に出た青年のことを思い出したのである。それで、駅の中から付近一帯を捜してみたが、青年の姿は見当たらず、とうとう荷物は受け取ることができなかった。荷物といっても殆ど子供の着替えなどであって、必要には違いないが、新京へ着けばまた何とかなることだろう……。もう、こうなっては荷物などどうでもよく、早くここから離れたいばかりである。どうせ青年はそれを売り食いして、生

活の足しにでもすることであろうと、妻と話し合ってあっさり諦めたのであった。

しばらくすると、先程の憲兵が今度は一人でやってきて、私たちの切符を手配してきたらしく、彼が言った通り、私たち全員の無料切符を手渡しながら汽車の発車時刻まで親切に教えてくれて立ち去ったのである。

因みに、彼らがいる兵舎は、いつか中継所で蓄電池充電をしてやったソ連軍将兵たちの兵舎で、今は中央軍に入れ代わっていた。元日本兵からソ連兵へと引き継がれ、無傷のままの広大な規模の兵舎である。恐らく中央軍の大部隊が入っていることであろう。その兵舎はこの鉄道に沿って駅の裏側にあるから、そんなに時間はかからなかったのである。

新京までの切符を手にして、やはり憲兵だったのかとここでようやく信じることができ、こんなことになったのが全く夢のようで、一寸先の闇と光の人生行路に感無量であった。あの私服の憲兵を仮にも疑ったことが我ながら恥ずかしくなる。思わぬ成り行きで無料切符が手に入り、やっと新京へ行くことができる。思えば昨日からの出来事が目まぐるしく、しかも、大きな事件が次から次へと起きて、心身共に疲れ果ててしまった。手にした切符を眺めながら、やれやれこれでやっと緊張の糸を緩めてよいのかと、待ち合い室の椅子にぐったりとなったのである。

とはいうものの、まだ緊張しているのであろうか、昨晩は一睡もしていないのに、不思議と眠気が出てこない。眠れぬまま、待ち合い室の椅子でよくもここまで来られたものよと、いまさらながら感無量の思いで振り返る。発端は、中共軍の強制連行をいち早く知らされ、私が逃げ隠れして妻子とも離ればなれになったことから――。隠れ家では伝染病にかかったり、中継所が共産軍の退却時に爆破されたり。そのため社宅が民衆の略奪に遭い、住むところがなくなってしまったのである。そのため病気半ばで新京へ出ようと夜半の渡河を決行したり、警備のない所を選んだはずなのに、上陸するなり警備兵に捕まったり。やっと放免になり、苦労してようやく町にたどり着いたが、早朝に立ち寄った二軒の民家での日本人に対するまるで正反対の応対を受けるなど、人によってこうも違うものかと、それぞれの人となりが窺えた。また、憲兵にスパイ容疑で捕まったが、陶頼昭の住人であるはずのかつての職員と、この松花江の私の危急の場で出会い、救われた。全く僥倖《ぎょうこう》に恵まれたとしか思えなかった。この出会いがなかったら証明してくれる第三者もなく、当然司令部へ連行され尋問を受け、下手をすれば拘留になったことであろう。

この職員との出会いなどは、全くの偶然で、その偶然が私に有利に働いた。また、伝染病にしても、いないはずの日本人医師がいて助かった。これらは全く私の強運と言うより外はない。私たちの運が強かったんだと考えざるを得なかった。

この短時日《たんじじつ》間に、それこそ何年分もの期間に値する体験をしてしまったが、そうして生き残れた強運をこれからも大切にして生きなければと思うのであった。

人には運、不運というものがあるということが、この短い期間に痛感せずにはおられなかった。

列車を待つ短い時間、振り返り、じいっと考えながら、ここまで来られたことを妻と共に思い出し、心から喜び合うのであった。

8　留用生活

一　残留命令

汽車に乗って初めて、

「もうこれで大丈夫だ！」

と、やっと安堵感をしみじみと味わうのであった。

今までが余りにも苦労と恐怖の連続であったので、当然その感慨も深く、一生忘れられない記憶として残ることであろう。

これからは、日本人の多い居住地区に行くので、今までのようなことはないであろう。しかし、行ってみなければ分からない。また別の苦労があるかも知れない。こんな心労は日本へ着くまでは、止むを得ないと思われる。今までは戦争が終結していない所にいたのであり、ここまで来れば内戦もなく秩序も確立しているから、心配することもないであろう。列車に揺られ窓外を眺めながら、これから先どうしたらいいのか、知る限りの情報を下に、いろいろと考えてみるのであった。

途中、私たちの隣にあたる、中継所所在地である徳恵《トーホイ》という町を通過する時、鉄路に沿った中継所方面に通ずる見慣れた道路を見て、私が行った時そのままに変わっていない風景が懐かしく望見できたのである。戦場にもならず、平和な所だったのであろう。

それにしても、ここの所長は今頃どうしているんだろうと一瞬の思いが過《よぎ》ったが、列車は進行してその風景は過ぎ去ってしまった。

松花江を出て三時間くらいであろうか、はっきりした時間の記憶はなくなったが、確か午後二時頃だったと思う、待望の新京駅に到着し、安堵の胸を撫で下ろしたのであった。到着して切符を渡し外へ出て、さて、どうしたものかと戸惑いはしたが、線路職員一家と共に退避していたT職員の奥さんと公衆電話から連絡がつき、降車口付近で迎えを待つことになったのである。

待ち合わせをしている私たちの姿を、行き来する人たちがじろじろ眺めて通る。それもそのはずで、この都会では見掛けない裸足に等しい、衣服はよれよれの、奇妙なうさん臭い姿であったから。それでも小一時間待ったであろうか、T職員の奥さんが迎えに来てくれたのである。私たちの落ちぶれた風体を見るなり、涙さえ浮かべ、

「まぁっ！」

と言ったきり、しばし言葉も出なかったのである。

余りにも惨めな、変わり果てた姿を見て、驚いて口もきけないといった有り様であった。

その奥さんたちは、収容所というか、日本人が集結して引き揚げを待っている所にいるのである。そんな所であるから何もかも十分とはいえず、やはり戦前の生活ぶりに比べれば、雨露を凌ぐ程度というだけである。そこへ私たち家族が入り込めば、当座の寝具から衣類が不足することになるのは、火を見るよりも明らかである。

その日は食べ物はともかくも、雑居寝で一夜を明かした。責任上、中央中継統制所へ報告するため、妻子は一応ここにとどめ、私一人で出掛けた。

街を歩いてみると、様子は戦前と少しも変わっていなかった。それもそのはず、内戦は私たちの居住していた陶頼昭辺りが主戦場であったのだから。ソ連軍とも平穏裡の接収だったのであろう。戦禍に遭ったところから見れば、平和なのに驚くばかりである。

平常通り、中央中継統制所へ来ることができた。しかし、来てみて入り口を見上げると、一瞬間違ったかと驚いてしまった。中央軍の接収が終わって、名称が【長春機務段《チャンチュンジーウーデュアン》】

となっており、すっかり様相が変わっている。考えてみるとこれは当然のことで、私の頭が切り替わっていないだけのことである。しかし、そこに勤めている人々は全く変わっていなくて、懐かしい顔ばかりであった。

接収前はKさんという人が所長であった。しかし、今度は除《チウー》という中国人に代わっている。この除という人は台湾の生まれで、日本の大学を卒業して我々同様、中央中継統制所に勤務していて、私たちはいつも除さんと呼んでいた。

今はこの人の下で、日本人みんなが働いているのである。Kさん以下幹部の人々は、一線から身を退いて、一応相談役のようなかたちになっているようであった。

早速、陶頼昭中継所の、ソ連警備兵の撤退から中共軍による爆破までの顛末を詳しく報告し、これで一応私の責任を果たしたから、妻子を残してきた収容所に帰ろうとすると、機務段長が、

「ここで働いてもらわねばならない――」

と言い出し、これは命令であると言う。

これは大変なことになったものだ。またもや思いもよらぬ展開になってきた。私としてはもうこれで重荷をおろしたし、一路帰国できるものと思っていたのに、困ったことに

なったものだ。しかし今度は、あの松花江で中央軍の警備兵や憲兵と話し合った時のような言葉の心配はなく、すべて日本語で話せるし、何とかなるものと軽い気持ちではあった。

だが、私の年令からして早く日本へ帰らないと就職もままならないだろうし、また、家族のことを話すなどして、あの手この手で辞退の意を申し出たのであった。先方もこの技術を中国人の職員に教え、早く中国人だけで運営できるようにしてもらわねばならないからと、説得するのである。そうした説得も聞かずなおも辞退すると、とうとう最後に、

「貴方がどうしても帰ると言うのなら、私は貴方が釜山にしろ、葫蘆島《フールータオ》にしろ、出港地に着くまでに憲兵を差し向け、連れ戻すから――」

と、強硬な言辞が飛び出してきたのである。結局、考えてみると家族を連れていては到底逃げ切れないであろう。また、松花江の町で憲兵に捕まったことなどを考え合わせると、仕方なく残留の決意をせざるを得なくなってしまった。

妻子もなく独り身であったなら身軽で、そんな言辞には目もくれず、逃げようとすれば何とでもなるのに、何しろ四人の家族と共では、とても逃れられないと観念せざるを得なかった。

そこで私はそれでは一緒に連れてきたT職員も共に残留をと申し出たが、この件はどう

しても聞き入れてもらえなかった。結局、私だけが留用となり、ここで働くことになった。なまじ報告に行ったばかりに、せっかく苦労してここまでたどり着いて、引き揚げの明るい見通しができたというのに心は曇るばかりであった。

しかし考えようによっては、しばらくここで働いて、残留者と一緒に帰った方が良策かも知れない。

そんなに何年も抑留はしておかないであろう。機務段長も中国人でやれるようになるまでと言っていたのであるから、もうその言葉を信じて働くより外あるまいと決断したのであった。

早速帰って、報告に行った結果を家族とT職員に話したが、仕方あるまいと私の考え通りになったのである。

その結果、ここでT職員とも別れなければならなくなってしまった。戦前からずっと内戦に巻き込まれながら共にやってきて、ことに中継所の爆破からこの新京までは苦しい旅をして、やっとの思いでここまでたどり着いたのに――。引き揚げも共にと思っていたところ、思いもよらず私だけが拘束の身となってしまったのだ。

止むなく、T職員らに別れを告げ、家族を連れて機務段にやってきた。そこでは、以前の上司以下残留組の方々に迎えられ、今までの苦労に対してのねぎらいの言葉を受けながら、割り当てられた社宅（満州電電の社宅）へ入居することになった。

ところが、無一物に等しいリュックサックだけの私たちのことだから、真っ先に生活必需品に困った。が、あちらこちらの家庭から、寝具を始めとして、鍋、釜、茶碗など炊事用具一式の温かい供出を受けたのである。それは、一家五人が生活するのには十分すぎる程の生活用品であった。

また、入居してからも時々、

「お困りでしょう、これを使って下さい」

と、見知らぬ他部の方々からも、私たちのことを聞いて色々な物を届けていただくなど、人々の温情を受けて新京での生活に入ったのであった。

二　新京での生活

私の機務段での勤務は、平常の搬送機器を保守維持し、日本人が引き揚げた後も運営に差し支えないように、中国人職員に教え込むことである。いわゆる引き揚げ準備のようなものであった。戦前ではそれぞれに職務と責任があったが、もうそのような堅苦しさはなく、気軽な勤めであった。

給与は三段階に分けられており、それが中国の方式であるとのことだった。大学卒、高校卒、小学卒の三段階である。

戦後はインフレが進み、一ケ月の給料はたくさんの札束で貰った。その頃「ずのう」という戦前、軍人の使っていた肩から掛ける木綿でできた袋があり、それが私たち通勤者の必需品で、弁当を入れたりしてなかなか便利なものであった。それに札束をいっぱい詰めて帰ってくるのである。

三番交替勤務をしたりして約半年くらい勤めた頃、第一次帰国が許可され、抑留者の一部の人たちが引き揚げることになった。幸か不幸か、私はその選には漏れてしまった。引き揚げの対象者は主に、抑留者でない電々社員や一般の人々で、こうした人たちは前々から続々と引き揚げ、帰国しているのであった。それを見て羨ましかったが、留用者の次の解除はいつになるのか、先の見通しは全くたたない情勢であった。

そういうこともあって、残された人々はますます団結が固くなり、お互いに助け合う気持ちが強くなった。戦前とは違い、お互いに競争する必要もない。ただ望みはできるだけ早く、日本へ引き揚げることだけだった。

非番とか休日になると、社宅でレコード鑑賞やら麻雀とかでせめてもの憂さ晴らしをする。外を出歩くのは危険なので、日本人同士の親睦はこういう形になっていた。

この社宅にも中央軍の警備兵が付けられており、やはりまだ、治安は良くないようである。ある日、次女が末娘を連れて自宅前の道路で遊んでいたところ、中国人の年とった女に無理やり手を引っ張られ連れ去られそうになり、その手を振り切り慌てて家へ駆け込むということもあった。また、天気のいい日に布団を二階廊下の手摺りに干し、妻が居間で監視をかねて編み物をしていてひょっと見ると、その布団がなくなっていた。こんなことは中国では日常茶飯事だということは妻もよく知っていたが、まさか二階の手摺りのものまで……という油断があった。下から長い竿のようなもので、うまく取ったのであろう。監視していてこの始末だから、家にいても玄関は勿論その他の戸もすべて施錠しておかないと空き巣に入られてしまう。玄関の物は特に盗まれ易く、靴などいつの間にかなくなっているのである。警備兵が見回っている隙を見て盗みに入るのだ。また、相手が子供だと油断していると、その子供に見事にしてやられる。

警備兵がいることは、安心な反面、都合の悪い場合もある。私たちが別棟の社宅で麻雀

などをして夜更けに帰ってくる時、警備兵に呼び止められるので、びっくりして、

「ハイ！　日本人です。今帰るところだ」

と言って、銃口を向けている兵に言葉を掛け、家に入るのは毎度のこと。警備兵は、

「遅くまで仕事か、ご苦労さん！」

と言ってくれるが、私たちは遊びで遅くなったのだから気がひけた。

毎日の生活がこのように緊張感がなく惰性的で、心の中に大きな穴が空いたようで、遊びに明け暮れるという敗戦国民の典型的生活だった。

何といっても戦勝国の中での敗戦国民の生活であり、私たちの自主性などあろうはずがなく、仕事には否《いな》も言えない。命令された仕事はするものの、機械的に動くまるでロボットのような生活。留用生活とはいえ、一応何とか安定した暮らしを続けるうち、ある日ちょっとした事件が起きた。それは夏も過ぎた秋の日のこと、満州での秋は短く、冬は長い。無一物で社宅へ落ち着いた私たちは、はやく冬支度をしておきたい。せめて、子供たちの衣類だけでも揃えておかねば――と、私が勤めに出た後、妻がその冬物を求めようと住宅からは少々遠い所にある新品や古着を商う賑やかな市場へ、子供三人を連れて出掛けたのである。一番下の子供は背負い、二人の子供の手を引いて、あれやこれやと物色して

いると、治安維持のため巡回中の将校一人と兵七名の一団が近付いてきて、そのうちの将校らしい人が、

「おまえたちは困っているだろう？」

と話しかけてきた。

「いいえ、私たちは困ってはいません！」

敗戦で、三人もの子供を抱え、困っている日本人の母親と思ったのか、

「三人のうち、その子（一番上の子供を指さしながら）が是非欲しいから、売ってくれないか？」

「駄目ですよ！　日本人は子供は売りませんから」

と、初めのうちは、冗談と思って軽く受け流していた。ところが、次第にそんな様子ではなくなり、真剣で緊迫した雰囲気になってきた。再三にわたり拒絶しているにもかかわらず、しつこく言い寄ってくる。部下たちまでが、

「この人（将校のこと）は財産家で、子供もこの人の所へ行った方が幸せだよ」

と、横から将校の応援をするのである。

将校たちと妻とのやりとりが余りにも長く、険悪な様相となってきたのを見て、人だか

りができてきた。妻はほとほと困り果てた。よほど子供がお気に召したのであろうか、幾ら断ってもなおも売れと言う。ついには半ば威圧的になり、子供の手をつかもうとしたのでびっくりし、余りのしつこさにたまりかねた妻は、とっさに声を荒らげ、

「日本人は子供は売らないっ！」

と言いながら、その将校の頬を平手で打ってしまったのだ。子供を守るために、本能的にこのようなとっさの抵抗になったらしい。

それを見て兵士たちが、口々に怒りの言葉を吐きながら妻を取り囲み、銃剣を向けて構えた。妻は、これは大変なことをしてしまったと後悔したが、もう手遅れである。どうなることかと、妻はうつむいて観念をした。

物見高い人垣の中にはたくさんの日本人もいたが、兵隊との紛争では、巻き込まれては大変だと思ってか助けに入ってくれる人は誰もいない。見て見ぬ振りであった。兵士の様子から、この場で殺されても仕方のないことだったのである。

すると、くだんの将校が兵士たちに、

「もういい！　もういい！」

と言いながら、いきりたつ兵士らに手を挙げながら押さえ宥《なだ》めている。そうして妻に、

「もういいから帰りなさい！」

と、ようやくその場は収まった。

将校もさぞ驚いたことであろう。まさか、こんなことになろうとは……。日本人は敗戦国民でもあり、自分たちの言うことは一も二もなく聞き入れてくれるものと高をくっていたのであろう。ところがどっこい、意外な強い抵抗に遭い、度肝をぬかれ戸惑ったようで帰れと言ってくれたのだ。

妻はこうして許された。冷静になってみると、応対中は夢中だったのでさほど恐ろしさは感じなかったが、許されてみると怖くて、一刻も早くこの場を去りたい。もう目的の買い物は取りやめ、二人の子供を引っ張るようにして後も振り向かず、高なる胸の鼓動を抑えながら、急ぎ足で帰った。

自分の家に帰ってきても、一連の事件を振り返ってみると、夢中であったにせよとんでもないことをしたものだ、兵士がまた自分たちを捜しに来るのではないかと、ドアに厳重に鍵をかけても心配で、夕食の支度すら手がつけられなかった様子であった。私が勤めを終え帰ってみると、夕食ができておらず、いきなり、

「今日は大変なことをしてしまったの！」

と言いながら、以上のような話をしたのである。

このように、知識人でもあろうと思われる将校ですら人身売買を平気で行うようなことがまかり通っているのである。

永い間に培われた中国の風土的慣行とでもいうのか、文化の違いであろう。私たちには考えられないことである。

三　妻の手術

月日のたつのは速いもので、一年ぐらい過ぎた頃、引き揚げ情報が聞こえ始めたのである。殆ど全員が留用解除され帰国できるような様子である。ところが、その中でもどうしてか、四人だけは残らなければならないという、情報も入ってきた。僅か四人がどうして必要だろうか、その真意は分からない。全員が引き揚げて、後に四人だけが残るということは、残された四人が何だか惨めさを感ずるのではないかと心配だった。

しかし驚いたことには残留者の発表があって、私がそのうちの一人に入っているではないか、残される期限が決められているわけではないし、次の引き揚げがいつになるのか予測もつかないのに、これは困ったことになったものだと暗い気持ちになってしまった。これ以上遅くなればなる程、私のような年齢では日本での就職も難しくなる一方で、将来のことを考えると安眠もできず困り果ててしまった。上部でどんな話し合いがあったのか分からないが、どうして私たち四人が選ばれたのか、私たちには知るよしもない。こうなったら何とか帰国できるよう、上司に根気よく、それこそ相手が根負けするまで懇願するより外あるまいと考えたのである。

敗戦国民であるという身分をわきまえながら、あちらこちらと、人事に関与されていそうな人々のところへ、恥も外聞もなく願い出るのであった。団体交渉などという組織的なことはできず、ただひたすらお願いするのみで四人は必死であった。また、妻も知っている所へはすべて出掛けてお願いした。それこそ家族総動員であった。

この四人の切なる願いが届いたのか、やっと帰国ができることになった。もし四人だけ残されたら、残して帰る人々も気が重かっただろう。これで、お互いに心残りなくそろっての帰国となったのである。

全員そろって、待望の帰国ができることになり、あの憂うつな毎日がまるでうそのように心も晴れ晴れと、帰国準備にも張りが出てきたのである。

準備にとりかかってみると、無一物で来た私たちは他の人々に比べて荷物が極端に少ない。中国政府から許可された数には届くどころか、程遠い。他の人々は、引っ越しと同様の荷物である。ミシンなど家財道具一式、全く引っ越しと変わらない。だから、この人たちは荷物の梱包に多忙を極めている。なのに私の準備は簡単にできてしまった。この帰国準備をしている時、引き揚げ事務局より「妊娠している人は、中絶してからでなければ、引き揚げ者としては参加させられないから、該当者はその対策をとるように」との布令が出された。

ところが、私たちは運悪くそれに該当していたのだ。がっかりしてしまった。帰国するには、この機会を逃すわけにはいかないし、残念であるが、止むを得ず中絶をせざるを得ない。それも早くしないと、引き揚げ期日に間に合わない。早速、新京医科大学へ行ってみると、やはり、私たち同様留用になっている担当医の成松教授（九州出身）が、

「今日はもう予定患者が一杯でできないけれども、もし、誰か一人でも来なければしてあげましょう。しばらく待ってみなさい」

と言われたので、待ち合い室で待っていた。引き揚げができなくなっては大変と、私は必死であった。

随分長く待たされ、今日は駄目かなと二人で話していると呼び出しがあり、すぐに中絶手術をすることになった。予定の一人が来られなくなって、空きができたとのことで待ったかいがあった。まだ私たちには運がある。

ところが、手術に取り掛かった教授が妻に、

「これは大変だ！　中絶はできない。すぐ手術しなければ母体が危険だ――」

と言われ、即刻開腹手術ということになった。

手術室の前で待っていた私に、

「奥さんは子宮外妊娠で、もう相当日にちがたっているので、すぐ執刀しなければ手遅れになりますから」

と告げ、有無を言わせず妻は手術室へと運ばれた。これはまた、とんでもないことになってしまったものだ。弱り目にたたり目とはこのことであろうか。しかし、不運に負けてはおれないぞと、自分を励ました。手術ともなれば、手術後の回復度如何によっては迫っている引き揚げには間に合わないのではないかと、それがまた気掛かりになってきた。

この場合、幸か不幸か私たちは無一物で来た身、帰国荷物は少なく荷造りは簡単だが、妻の術後の経過いかんでは引き揚げができなくなる。しかし、今度の機会を逃すと、次の

機会はいつになることやら想像もつかない情勢である。それというのも、私たち留用者が最後の引き揚げであると聞かされていたからである。

それを考えると苦悩は深まるばかりであった。今、私にできることは妻の術後の一日も早い回復を、ただもう神に祈るばかりであった。

手術は順調に終わり、担当医の成松先生が私に説明されたのは、

「奥さんは結核性の腹膜炎がありましたが、これは、空気に触れると治癒できるもので、運がよかったですねぇ。一挙両得ということでしたよ」

と。開腹して思いもよらぬ病気が分かり、二つの病気が一度の手術で治癒できたことになるのである。先生の言われる通り、運が強いということになる。

そういえば、私たちが結婚したばかりの頃、妻は肺浸潤にかかったことがありそのことから考えられないことでもない。私たちは前にも書いたように、突然の危難に運よく助かったことが何度もあり、この人知をこえた幸運に、あらためて感謝したのであった。考えてみると、金運にはいつも見放されて金には大変困ったが、こういう時には強運ということになる。

妻の術後は至極順調で、思ったより早く退院できそうであった。付き添い婦としてつい

てくれた五十歳くらいの朝鮮の人は、大変親切に看護してくれ、後々まで当時のおばさんを懐かしんで、その時のお礼をしたいと妻は言っていた。日本へ帰国し、こうした引き揚げの時のことになると、必ずこの話が持ち出される。余程親しみを感じた人のようであった。

二十日間ばかりの入院であったが、帰国日の関係から、無理を承知で絶対安静を条件に退院した。こうして、幸運の女神の手引きで、どうにか引き揚げの期日に間に合ったのである。

9　引き揚げ

一　待望の引き揚げ

昭和二十二年の九月半ば頃が、引き揚げの予定日となっていた。皆その準備に忙しく、中でも荷物の多い人は大変だったであろう。私は荷物はそんなにないので、あとは途中の食料にする腐らない物とか、断片的な情報で日本で不足しているという砂糖とかの甘味料など、許可された持ち込める物の選択調達などに奔走するくらいが私の準備であった。

私の荷物が少ないことは上部の人たちはよく知っており、準備に忙しいある日、上司から、

「総裁の荷物を、上陸地まで預かってくれないか?」

と、頼まれた。それは、総裁の荷物を日本まで私の荷物として持っていき、上陸したら持ち主の手に渡す手筈なのである。

どうせ私の荷物は少ないので簡単に引き受けた。

新京にいた人たちは無傷なので、荷物の個数が制限を超えこのような方法で分散して持ち帰る工夫をしていた。

いよいよ出発の日となり、私たちは奉天《フォンティエン》（戦後は瀋陽《シエンヤン》）まで中央軍の自動車部隊により、荷物共々混載で送られることになったのである。

乗車するにはまず、自分たちの荷物を先に積み込み荷台の前部にまとめ、後部に私たちが乗り込むのである。長い旅であるからそれぞれ乗り心地の良いように工夫し、座席を急造したのである。トラック輸送というと、一般引き揚げ者の貨物列車輸送とは異なり一見よさそうに見えるが、とても大変なのである。道路は舗装道路はなく、荒涼とした原野を走るのである。小川にさしかかると橋はなく、車が渡河しようとするとスリップして、途中で動かなくなり立ち往生してしまう。仕方なく私たちが降りて後押しをし、ようやく動く始末である。

であるから、たいした距離でもないのに、目的地である奉天まで一日では行けない。途中一泊するのである。これは軍の行動であるから、当然一般民家へ泊まることになる。これもまた大変で、真っ先に食事に困ったものである。用意してきた焼きおにぎりも、先のことを考え食べ残して次に備えなければならない。寝るのは民家でオンドル床にアンペラ敷きで、その上にごろ寝するのだから、なかなか熟睡はできない。それで皆、輸送途中のトラックの中で眠ったりして、何とか疲れを癒しながら、奉天の収容所へ送られたのである。

二　奉天の収容所生活

収容所とはどんなところであろう？　初めて入所する人たちばかりである。着いてみると、そこは元日本の大きな軍需工場らしいところであった。恐らく戦時中、軍需品の製造に当たっていたのだろう。鋸《のこぎり》歯《ば》状《じょう》をした屋根が幾つも並んだ大きな工場跡であった。工場内は明るく、今は、中には何もなくがらんとしていて、冷たいコンクリートの床が広々としているだけの寒々とした所である。戦時中日本への空襲を考え、満州へ疎開した工場ではなかろうかと思うのであった。戦時中、工場疎開の話はよく聞いていたので、ここもそれに該当する工場であろう。

ここで、葫蘆島から帰国船が出港できる日まで、待つとのことである。

収容所の生活は、その冷たいコンクリートの床にむしろが敷かれ、それに毛布が準備してあって、そこにみんなごろ寝するのである。食事はそれぞれ飯盒炊《はんごうすい》さんだから、私たちは家族数が多いので大変であった。

季節は九月も半ば頃で、満州でも南の方であるから気候としては、まだ寒くはない。また、日本とは違って暑くもなく、心地よい一番いい季節ではないだろうか。哈爾浜辺りだったら、もう雪がちらつく頃であるから、とてもこんな生活はできないであろう。毎日の収容所生活も、入所当時はまだしも、日がたつにつれ待ちくたびれ、嫌気がさして滅入ってしまうのである。

時々付近へ、散歩とか買い物に出掛けたりするが、余り遠くへは行けない。一人二人で出歩いていては危険でもある。

この工場跡には、番人というか、収容所の監視人とでもいうのであろう、少数の中国人がいた。その人に、この工場のことなどを聞いてみると、やはりソ連軍がこの工場の設備類一切は全部持ち去ったとのことで、ソ連軍のことを悪し様に話すのである。

考えてみると、あの陶頼昭で丘の上から見下ろしていた時、貨物列車が一日に幾本も北へ北へと走っていったのを眺めていると、中国人職員が、

「あの列車の中は、日本の作った工場にあった機械類だぞ！」

と言ったことを思い出し、今、目の当たりに空っぽとなった寒々とした大きな工場跡を見て、

「なるほど、やはりそうだったのか」

と、頷けるのであった。

あの頃は、北へ走る貨物列車を見て、中国人からそう言われてみても半信半疑であったが、この有り様を見て真偽の程が分かり、敗戦の惨めさをあらためて感ずるのであった。

葫蘆島までの貨物列車の配車や引き揚げ船の入港などの関係で、なかなか出発できない。それでも、帰れるという望みがあって、お互いに病気にかからないよう、気をつけていた。せっかくここまで来て、また引き揚げ中止となっては、今までの苦労も水の泡となってしまう。それで、みんな食べ物には大変気を配っていたのである。収容所では衛生面でも思うようにならず、不衛生になりがちで、大変気を遣うのである。

約一ケ月近くこの収容所生活が続いて、いい加減疲れ果ててしまった。それでも乗船を望みに気は張り詰めて、明日ではないか、明後日ではないかと葫蘆島への出発を待ち焦がれていた。

いよいよ、葫蘆島への出発日が分かってくると、小躍りしたくなるような喜びようで、ようやくこれで引き揚げられるのかと、一安心するのであった。

三　葫蘆島より乗船

葫蘆島への列車は、今度は貨物列車で、荷物と混載である。窮屈な列車輸送の中ではあるが、それぞれの人たちが嬉しさと安心感から、自然に鼻歌が出てくる。自分たちが荷物扱いされて輸送されて行く処遇は、一切気にも止めないかのように自ら出てくる歌である。

「もう、これで帰れるのだ！」

という感動が、そうさせるのであろう。

僅か二百キロメートル足らずだが、列車はスムーズに走らず、途中、駅でもない所で長く停車したりする。そんな時、この列車が引き揚げ列車であることは知られており、民衆の襲撃に遭うのではないかと噂をし合う。無防備のこの列車では、ひとたまりもなく丸裸にされてしまうであろう。そんな時どうすればいいか、悪い方へ悪い方へと話が進んでしまう。

新京から奉天までは軍用トラックであったから、そんなことは気にもかけなかったが、今度の旅はこうした取り越し苦労をしなければならなかった。とにかく、列車走行は日本のように正確ではないところへもってきて、戦後の治安がまだ完全に回復していないのだから、こんな短い距離でも、一夜を明かす時など不安にかられながらもやっとのことで待望の葫蘆島に到着したのであった。

着いてみて、よくも無事にここまで来られたものだと、安堵したのである。振り返り、途中停車した夜の恐ろしかったことなどみんなで話し合い、本当に無事でよかったと喜びを噛みしめ、つくづく、感動を味わうのであった。

着いた途端、海の香りが鼻をつき、久し振りの懐かしい潮の香りだ！　と感激。何年振りだろうと、思いっきり胸一杯、その海の香りを吸い込んでみるのであった。

長い間船には縁がなく、目の当たりに大きな引き揚げ船を見て、はるばる大陸の奥地からやっと港へ出たんだと、そしてまた、日本近しの感に浸るのであった。

引き揚げ船の興安丸へ荷物の積み込みが始まり、作業をしている船員の人々を見て、やれやれという気持ちが出て、一度に張り詰めていた気が緩んだ。その積み込み時間の長いこと。荷物の多いせいもあるだろうが、積み込みを眺めている待ち時間の長いのに待ちくたびれてしまった。

やっと荷物の積み込みが終わって、いよいよ私たちの乗船が始まり、踏みしめる甲板の音に、えも言われぬ感動を覚えるのであった。

船員の人たちに、真っ先に聞きたいのは日本のことである。ところが、その船員から出た最初の言葉は、なんと、

「こんなに荷物の多いのは、引き揚げが始まって以来、初めてですねぇ」

と、さも驚いた口ぶりであった。

この船は幾度も、また、多方面からの引き揚げ者を運び、長い間引き揚げ専門に従事している船だそうである。引き揚げ者という概念からは、思いもよらなかったのであろう。さすが、留用された人々の団体だけに、引っ越しと少しも変わらなかったようである。身ぐるみ剥がされたのは、その中でも私だけかと、嘆かざるを得なかった。幾度となく引き揚げ者を運んでいる船員の、漏らす言葉は実感であろう。

身ぐるみ剥がれた人々は、本当にリュックサック一つに、後はせいぜい両手に提げる程度である。提げる荷物だけでは、さほどのものでもないから、この言葉が出てきたのであろう。

とにかく、クレーンで運び込まれた荷物は、相当たくさんだった。搬入作業が長時間かかり、私たちの乗船が遅れてなかなか出帆できず、随分出港が遅れた。

船が岸壁を離れ出した頃、甲板から遠く離れ行く大陸を眺め、いよいよこれで大陸ともお別れとなったんだと、感無量の思いであった。もうこれで二度とこの大陸の地を踏むこともあるまいと思うと、十数年生活をした大陸でもあり、何だかちょっと寂しく残念な気持ちでもあった。それは自分の意思で去るのではなく、半ば強制退去で、それも敗戦という大きな変化が因をなしたものであったからだ。

四　佐世保上陸

船中では、もう襲撃とかいう民衆への恐怖もないので、ぐっすりと安眠ができ、航海中とはいえ、ゆっくりとした気分が取り戻せたのであった。

航海も、十月にかかる頃は気象上は一番安定した季節なのであろう。海も静かで、荒海として有名な玄海灘も、それらしい船の揺れもなく静かな航海で、安堵感も手伝ってよく眠ることができた。

甲板に上がっても、見渡す限りの海原ではしようがないし、よく眠って上陸に備えようと、みんなそんな気持ちであった。そのうちに船内の誰かが、

「日本内地が見えるよぉ！」

と、大声で叫ぶのが聞こえてきた。いよいよ上陸が近付いたことを、こうしてふれ回っている人がいたのだ。嬉しい気持ちから思わず出た言葉であろう。私もその声につられて、甲板に上がった。デッキにもたれかかりながら海岸に目をやると、岸壁の上に松が一本だけそびえたっているのが目に入り、長い間見なかった懐かしい松の枝振りがくっきりと見える。そんな陸地の近くに船は停泊して入港命令を待っている。

こうしてデッキから、近付いた岸壁を眺めると

「あぁこれが母国だ！」

と、遠い道程をやっとの思いで帰り着いたんだという、深い感動がわきあがってきた。敗戦国日本の事情など知るよしもないし、先のことなど分かるはずもない。何はともあれ、遥か異国の地から苦労の連続で、尾羽うち枯らして引き揚げてきた私たちにとって、この情景は、感極まるという言葉以外、何ものでもなかった。

船は港の沖合いに停泊したまま、入港命令を待っているのであろう、まだ桟橋には接岸

していない。心は逸《はや》るがなかなか上陸できない。その間、上陸に際しての細かい案内やら、アメリカの占領下となっている今、当然米軍の検疫を受けなければならないので、そうした注意事項などを聞き、上陸準備を整えたのであった。

いよいよ船が桟橋に横付けされた。しかし、ここでもまた随分長く待たされ、いらいらした。それでもやっと待望していた下船命令が出され、荷物を背負い、子供の手を引き、懐かしの母国の地に足を踏みしめたのである。その感激はひとしおであった。

すると、初めて見る米兵が、一列になって進む私たちの両側からＤＤＴを全身に散布するのである。初めてのＤＤＴの臭いにこれが米軍かと……、真っ先に散布薬の出迎えを受けたのであった。そうして一旦、この佐世保収容所に入れられることになった。検査は、思ったよりも簡単であった。案外あっさりと済み、これから幾日かかるか分からないが、最後の収容所生活が始まったのである。

五　収容所生活の一ケ月

収容所に落ち着き、そこで毎日炊き出しの食事を貰うほか、何もすることがない、収容所生活が始まった。

この収容所のあらましを見ると、この上陸地佐世保は、知っての通り戦前は重要な軍港であったから、引き揚げ港としては格好の適地ということであろう。そこには炊事棟を中心にして両側へ、幾棟もの兵舎が並立して、この兵舎が収容所に充てられている。兵舎の中は広い廊下を挟み、その両側には約二、三十人ぐらい収容できる広さに区切られていて、その各部屋は廊下から一目で見渡せるようになっている。その昔、海軍の兵士たちもここで各班毎に入居していたことであろう。そんなことを思いながら私たちも同様、そのくらいの人数に分けられて班を組み、入居したのである。しかし、兵隊さんたちはベッドが備えられていたのであろうが、私たちはこの板の間にござ敷きで、それに毛布である。その毛布は軍需品であって、貸与を受け起居することになったのである。

食事はやはり、兵舎時代の大きな炊事場で炊き出されたものを受け取り、各自の居室で、それぞれの家族毎にまるくなって食事を摂る。食卓とか机とかはないので、床に直接置いて食べるのである。

上陸して初めての夕食は、鮭の缶詰で作られた雑炊のようであった。その味が今でも忘れられず、ほんとうに美味しかったのである。これを味わって、やっと自分の国へ帰ったんだという思いに浸るのであった。なにしろ、満州では肉料理が主で生活してきたものだから、懐かしい魚の味が蘇ってきたのだ。

自分の国へ上陸できたので、検疫とか引き揚げの諸手続きが恐らく二日ないし三日で、たとえ遅れてもすべてが一週間ぐらいで済むことだろうと思った。もうしばらくの辛抱で自由になれるんだと、明るい望みをもって収容所生活に入ったのであった。

このように数日の抑留で、すぐ解除になるとばかり気楽に考えていたところ、思いもよらぬことが起きてしまったのである。

それは、私たちの乗った引き揚げ船の中で、麻疹《はしか》にかかっている子供が検疫で見付かり、抑留解除が延期ということになってしまった。

この病気はアメリカでは法定伝染病になっているので、アメリカの慣行では隔離されることになる。麻疹の潜伏期間というのは約一ケ月だから、これから一ケ月間乗船者全員が禁足となってしまった。もっとも収容所は隔離病棟と同じで、地域との交流は許されていないので、日常生活に変化はない。一ケ月経過しても麻疹の患者が出なければ、解除されるとのことであった。

やっとの思いで故国の土を踏んだのにまた足止めにあうなんて、よくよくついていないものよと、嘆かざるを得なかった。

収容所生活は単調で、毎日ゴロゴロして三食昼寝つきとはこのことであった。確かに何もすることはない。三度の食事はきちんと摂れて、昼寝はできるし楽なものである。ところが、それが私にとっては辛い。何の変哲もなく、何を考えるでもなく、はた目にはよくても本人にとってはまことに苦しい毎日であった。そんなある日、私の末娘がちょっとした隙に一人で出たらしく、帰ってこなくて迷子になったらしい。

私が分団の用事を済ませて帰ってみると、上の二人の子供だけが遊んでおり、

「お母さんは?」

と、聞くと、

「外へ行ったよ!」

「R子は?」

「知らない!」

と言うだけで、二人は遊びに夢中。

私はてっきり妻が子供を連れて外へ出たものと思い、何気なく入り口まで出てみると、ちょうどそこへ妻が洗濯物や食器などを抱えて帰ってくるところにばったりと出会った。

「何だ、R子と一緒じゃなかったのか?」

「洗濯物の取り入れだから、二人にR子のお守りを言い付けて出たんだけど……」

と言うではないか――。

さぁ大変なことになった、と思った。これは子供一人で外へ出ていったことになる。それから大騒ぎになったのである。もう夕方四時で、しかも秋の夕暮れは早いので、そこらの海にでも落ちたりしてはと、焦りを感じ、分団の方々も一緒に手分けして捜してもらうのだが、なかなか見付からない。私たちの入っている棟を出て右へ、山裾に沿って歩くと町へ通ずる橋に出る。その橋のたもとには哨舎があるが、そこに番人がおればその門から外へは出られないであろう。そうは思うけれども、もしや小さな子供なので人に見付からず外へ出てしまったかも知れない。色々考えながら、そちらに向かって捜しに行くと、ちょうど橋の近くに差し掛かった所で、何と橋の方から若い男の人に手を引かれ、R子が泣きじゃくりながらこちらへ向かって来るではないか。片手にはその人から貰ったのであろう柘榴《ざくろ》を一個持っている。

その若い方は、収容所の事務員であった。その人の話では、

「私が外出から帰ってくるとこの子が、橋の方へ向かって、よちよちと歩いて来るのを見

付け、恐らく収容所の中の子供であろうと思って事務所へ連れて行くところでした」

と言って、また、

「今までも、よくこのような迷子が出ましたよ——」

と、話してくれるのである。

やっと見付かり、私はほっとして安堵の胸を撫でおろした。これが満州であったら、もうとっくに連れ去られていたことだろうと思い、本当に日本内地でよかったと、妻としみじみ話し合ったものであった。

R子捜しに協力していただいた分団の皆さんに丁重にお礼を言い、泣きながら妻に抱かれている子供を見て、親の保護の責任を痛感するのであった。

R子はたぶん妻が出て行ったので、後追いしたものと思われ、二人の姉たちは遊びに夢中で、母親の言い付けなど忘れてしまったのだと思う。

母の後を追ったR子は、外へ出てみたものの母は見えず、帰ろうとするがどの建物も同じ形をしているし、それに幾棟も並んでおり、自分の出てきた棟が分からなくなり、あちらこちらと泣きながら捜し歩いていたのであろう。

大人の私たちでさえ、棟を間違えて入ったことがある。夕食前のちょっとした油断で目を離し、大いに反省させられたのであった。

この子は終戦の年の四月生まれで、まだ西も東も分からない、やっと歩き始めたばかりの子供だったのである。守りを言い付けた姉二人も幼いので怒ることもできない。やっと故国まで帰ってから子供をなくしたのでは、悔やんでも悔やみきれない思いで捜しまわったのである。見付かったから良かったものの、これからは子供から目は離すまいと思った。せっかく苦労して引き揚げてきて、取り返しのつかないことになっては諦めきれない。

収容所生活も長くなると暇を持て余し、私や妻の両親を安心させようと、無事帰国できて今は収容所生活をしていることを手紙で知らせた。また、私たちの棟の真向かいが小高い山なので、時々子供を連れて登り、佐世保の町や海を眺めながら、食べのこしのご飯でつくったおにぎりを青空の下で食べたりした。ある時は海岸へ出て、落ちている木の枝などを拾い集め飯盒で雑炊を作ったりして、持て余し気味の毎日の気晴らしをしたのである。

目の前に見える町へも出られず、大人の背丈の倍程もある有刺鉄線で周囲を囲まれた収容所の生活は息苦しい。ついつい、動物園の檻の中でぐるぐる歩き回っている動物を思い浮かべてしまう。入所して二十日ぐらいたった頃、突然スピーカーで、私に面会人が来ているから事務所前まで来るようにとの呼び出しを受けた。はて、私に誰が面会だろう？

この佐世保には知人などいないはずだがといぶかりながら行ってみる。すると、多数の面会人が事務所前に集まっている。私に面会とは誰だろうと私がその人たちを見回していると、何と妻の弟が近寄ってくる。私の顔は思わずほころんだ。義弟の話によると、私の出した手紙で両親がよこしたらしい。

この弟は進駐軍の通訳をしているが、わざわざ休暇をとって、餅などの陣中見舞いとでもいうか、それを持って慰問にきてくれたのだ。両親などの安否を尋ね、近いうちに解除になると思うので、その時は真っ先にそちらに行くからと両親への伝言を頼み、短い面会時間を終えて別れた。その帰り、奇遇と言おうか、新京で妻が手術をうけた成松先生一家にばったり出会った。まさか成松先生一家がこの船だとは知らなかった。同じ船でありながら、船中では会えなかったのに――。何はさておいても早速その節の礼を述べ、今面会で貰ったばかりの餅を差し上げたり、しばらく立ち話をして別れた。

やはり、今回の引き揚げは、私たち電信電話関係ばかりでなく、あちらこちらの留用解除者たちの船だったようで、それで出帆時の荷物が多く、検査も緩やかであったのか……。留用解除は中国政府から一斉に出された命令だったのかと推測した。

妻の両親が私たちの身を案じ、弟を慰問によこした親心が、ひしひしと感じられた。

毎日ごろ寝、食べて有刺鉄線越しに町を眺めたり、そんな暮らしが一ケ月近く続いた。やっと麻疹の出ていない者は感染していないと分かり、収容が解除されることになった。幸い、私の子供三人は感染の兆候がなかったので、解除者の仲間に入ることができた。長く退屈だった収容所生活を終え、一路、生家へ向かうこととなった。そうなると、いろいろ愚痴はならべたてたが、やはり、今までの収容所生活が懐かしい。喜びとないまぜの複雑な気持ちになるのであった。

六　懐かしい妻の生家へ

十月の下旬頃に、引き揚げ証明書とか国鉄乗車券などの交付を受け、やっと収用所生活から解放され、待望のしゃばに出ることができた。

私たちは、まず妻の生家の鹿児島へ行き、そこから道筋にある知人や親戚宅を訪ね、私の生家がある愛知県への国鉄乗車券の発給を受けた。

引き揚げ者用の臨時列車は、早岐《はいき》から東京までのものが一本ある。それに乗って、私たちは鹿児島本線に乗り換えなければならない。早岐を出発したのは夜半であった。

戦前から留用へと一緒に苦労してきた人々とも、私の乗り換え駅となる鳥栖《とす》駅で別れとなった。

「お元気で！　また会いましょう！」

と、ホームの私たちに、汽車の窓から声が投げられる。私たちもこれに応えて幾度も手を振り合う。やがて、発車。今度は立場がかわり、私たちが見送る。別れを惜しんだあのホームの風景は今でもありありと思い浮かぶ。

夜更けの鳥栖駅に降り立ったのは、私たち一家と、八代まで行きたいという子供連れの女性との二組だけであった。子供一人連れのこの女性は、佐世保の収容所で同じ班になり、私たちと隣り合わせで起居していた。女手一つではと、荷物を運んでやったり、話の中で同じ方向へ帰るとのことで、同行を頼まれた。

鳥栖駅のプラットホームは夜中でもあり、寒々として人っ子一人いない。鹿児島本線のプラットホームも同じように誰もいない。構内を見渡すと、昔と少しも変わっておらず、戦禍は免れたのであろう。

鹿児島本線の下りは、待ち時間が三時間もあり、プラットホームの椅子で休みながら、この女性の打ち明け話を聞かされた。

それによると、この女性は満州で中央軍将校の正妻ではない囲い者として、戦後を生き抜いてきたらしい。その間に子供が一人できたが、その将校と別れ子連れで引き揚げてきた波乱の人生の女性だった。

どうしてそんな羽目になったのか、そこまでは語らなかったし、私も敢えて聞くようなことはしなかった。

満州で敗戦を迎えた日本人は生きるため善悪を超えなければならず、意に反してどん底に落ちた人たちもたくさんあるらしい。私たちでは考えられないような裏話を聞かされ、暗い気持ちになってしまった。この女性はまだいい方で日本へ帰れない人たちも多くいるらしい。両親は、帰国しているという。

私たちは幸いにも、家族が離れ離れになることもなく、また、留用者として残されはしたが生活には困らなかった。幾度かの恐ろしい出来事や、内戦にまきこまれはしたが、その都度難を逃れ、家族も傷付かず来られたのは運のいい方であったかも知れない。

戦後の引き揚げ者は誰もが苦労をしており、他人に言えない恥を忍んだり、異常な行動に耐えたりして、やっと日本の土を踏んだ人たちが多いと思う。戦争をしかけてはいけないのは勿論のことだが、戦いに巻き込まれた時は、国民が一致協力して排除する心構えも必要だと思う。この八代の女性のことを考えると、日本人としてまことに断腸の思いというか、同情の念を禁じ得ないのである。

朝方、八代駅に着いた時、「家は駅の近くですから是非立ち寄ってほしい」という再三の申し出に、ここが乗り換え駅でもあり、「それではちょっとだけ休息させてもらおうか」と立ち寄った。娘さんの両親は、私たちが昨夜は一睡もしていないことを知って、夕方まで一眠りし、夕食を済ませて出発されたらと、しきりにすすめてくれる。が、朝方とはいえ、もう太陽は高く上がって明るく、とても眠られそうにない。しかし、久し振りに日本の畳の上で十分な休息をとらせてもらいありがたかった。

妻の里へ帰るには、吉都線《きっと》経由で行く予定。疲れも癒えたし、午後の列車で発つことにした。すると女性の父親が、庭に十数本あるボンタンの木に、枝もたわわに実っている人の頭程もある珍しいボンタンの熟しているのを四、五個採ってくれ、持っていくようにと言う。大きな密柑という感じのボンタンを貰い、あつく礼を述べ娘さん宅を辞した。

予定通り、八代から吉都線で都城《みやこのじょう》へ向かった。高い山脈越えのトンネルが多く、石炭機関車の吐く煙にむせながら、都城に着いたのは夜半過ぎであった。あらかじめ乗車する列車を連絡しておいたので、先に引き揚げていた元満鉄職員の妻の次兄が迎えに来てくれていた。都城から妻の生家までは十キロメートル近くもあるので、荷物が多いだろうと父親が差し向けてくれた馬車で、荷物と共にガタゴト揺られ、懐かしの妻の生家へやっと無事に帰り着くことができ、ホッとしたのであった。

七　妻の生家に着いて

着いてまず気にかかるのが、満州にいた長兄たちの様子である。聞いてみると、もうとっくに帰っていて、現在は屋久島に病院を開業したばかりだ、とのことであった。

結局、私たちは技術留用になった年月だけ、引き揚げが遅れたことになったようである。

昨夜は眠っていないだろうから、朝食のできるまで一休みしたらと言われたけれど、眠気など吹きとんで、積もる話に夢中であった。そこへ、煮たつ味噌汁の匂いが漂いきて、しみじみと生国へ帰ったんだという懐かしい実感がわき、得も言われぬ喜びであった。朝食の味噌汁といい、焼き魚といい、すべてが懐かしい味でその味を満喫することができた。

ところが、どうも子供二人の様子がいつものようではない。元気がなく、食欲もすすまない。念のため体温を計ってみると、何と三十九度近い高熱だ。これはまた大変。長旅の疲れを癒す間もあらばこそ、矢継ぎ早の心労が起きてしまったのである。

早速、町の医者に往診を依頼した。診察の結果、どうも麻疹らしい。続いてもう一人が同じように元気がなくなり、二日遅れて、またもや末娘が発熱したのである。

何と、三人が同時に発病してしまった。麻疹には感染していないはずで収容解除になって帰ってきたのに。思うに収容所内での生活半ば頃に感染したということになる。しかし、麻疹という原因がはっきりして、少しは安心した。

麻疹は、日本では法定伝染病ではないので、そのまま家庭で治療することになった。

麻疹に対する処方は、たくさんの子供を育ててきた父親たちがよく心得ているので、その指示に従って療養をしたのである。考えてみると、よくもまぁ三人同時に発病したものだと、それが、いいことか悪いことか分からないが。

「まぁ一度に済ましてしまうからいいではないか！」

と、兄たちが慰めてくれる。麻疹は誰もが一度は罹るものであることは、前々からよく聞いて知ってはいるものの、三人同時に高熱に苦しんでいるのを見ては、やはり心配であった。また、一般に言われている〝そんなもの麻疹のようなもので心配ない〟というたとえもある、軽い病気の代表のようなものであることは分かっていても、目の前に自分の子供が三人一度に枕を並べていては、今まで経験もしていない私にとっては、とても、そんな軽い気持ちにはなれなかった。

医者は、

「よくもこんなに大きくなるまで罹らなかったものですねぇ。余程衛生観念がしっかりしていたのですねぇ」

と、感心していた。

これでまた、ここで足止めになったわけで、足止めになったのはこれで三度目ということになる。二度あることは三度あるとはよく言ったもので、全くその通りになってしまった。

さてこうして日本へ帰り着いてみると、今度は私の就職が気にかかる。いつまでも収容所の延長みたいなことはしておれない。仕事について考えなければ、早く働き口を探さねばと心は逸るばかりである。しかし、色々と次から次へと阻害要因ができてきて、なかなか思うようにはならない。

兄たちは、ここで就職口を探してはというけれど、何しろ田舎のことでもあり、また子供の将来のことを考えると、やはり名古屋へ出たいとそれを願うのみであった。妻の両親は、娘を遠いところへまたやってしまうということで反対のようであったが、都会に出た方が働き口にしろ、子供の教育にしろ便利だと私は考えた。

約一ケ月ぐらいして、子供三人は健康を取り戻し、余病も出ず、麻疹の治療が終わったのを機に、名古屋へ出ることにした。妻の親元にも、元満鉄に勤めていた兄が職もなくブラブラしている。よい働き口もないようで、やはり田舎町では就職口は少ない。私たち五人までが、いつまでも居候を決め込んでいるわけにはいかない。早く身の振り方を決めなければと考えるのであった。しかし、敗戦後の都会の様子が皆目分からず、情勢もつかめないので、先のことを考えると憂うつで、口数も少なくなる。満州では、どうしたら早く日本へ引き揚げられるか、そのことだけを考えていたが、帰って来れば帰ってきたで、今度は、安定した生活設計を考えなければならない、戦後の日本がどうなっているのか、さっぱり分からない。田舎におれば、食べることには事欠かないが、都会では食料事情がとても悪いと聞かされている。それがどの程度のものかは分からない。

田舎にいると、生活は戦前と全く変わりなく、戦争に敗れて苦しんでいるようには見えない。それに比べれば、都会ほど敗戦の痛手が深いことは、戦時中の空襲を考えると容易に想像できるし、とても、短時間で復旧していないだろうことも理解できるのである。戦時は、食料増産とか物資欠乏とか、抗戦に竹槍まで作っていたことを考えると、都会の生活も容易でないことは想像できる。

私の親にも会いたいし、弟、妹たち家族の安否も気掛かりだし、やっぱり名古屋まで出てみることにした。

八　引き揚げの終着

妻の里では、都会での苦しい生活の様子など人づてに聞いていたので、私たちの名古屋行きが心配で思いとどまるよう強くひきとめた。しかし、私の決心はかたく何とか説得して、やっと名古屋に向かうことにした。

列車の旅は、都城から名古屋まで一昼夜はかかる。もう子供もすっかり元気を取り戻しているので、一昼夜の旅も平気である。列車の中では、見知らぬ人々から話し掛けられ、満州からの引き揚げ者であると言うと、

「ご苦労さんでしたねえ」

とねぎらいの言葉をかけてくれる。私たちの服装をみれば引き揚げ者というのは一目瞭

然らしく、たくさんの人からどちらから引き揚げてこられたかと話し掛けられ、旅は道連れ――の実感をしみじみとかみしめた。

一昼夜の長い列車の旅を終えやっと私の生家に着いた。ここでもやはり、妹一家が同居していて、シベリア抑留から帰ってきた夫と子供が三人おり、その他弟二人妹一人の大家族である。そこへ、また私たち五人が入ることになったので大変である。

生家は一宮市ではあるが、市の西端の田舎だから食料には困らない。この田舎でも、戦時中はアメリカ軍の焼夷弾の洗礼を受けたそうだ。しかし、殆ど町に落ちて、たまに外れ弾が落下するだけで、大きな被害はなかったようである。

私たちの引き揚げを知った市役所から、引き揚げ者用として毛布やその他の必需品が給付されたが、余り良いものではなかった。

私はさっそく働き口を探して稼がないと、生活費や小遣いに困ってきた。

知人等に聞くと都会でも仕事がないようで、専ら闇商いが多いとのことであった。物が配給制でいろいろ制限があって、まともな商いは難しいらしい。町中《まちなか》も敗戦の痛手がひどく、なかなか復興とまではいっていない。私の想像以上の戦禍を被ったようである。これでは果たして職探しがうまくいくか心配である。

その様子を見て母親が、

「さしむき職が決まるまで、毛織物の販売でもやってみては？」

と、言うのだが、長いサラリーマン生活で商いなどとてもやれそうになく、また、私の性格には不向きで、どうしたものかと思案に暮れた。

それというのも、一宮市近在は大正時代から毛織物の産地で、母の伯父がここから西方四キロメートルの小信中島《このぶなかしま》という織物の町で大きな毛織物の工場を持って、会社経営をしていたのである。母は、

「そんなに考え込んでばかりいないで、行って相談してみたら？」

と言うのだ。

遊んでいても仕方がない。やるやらないはともかくとして、まず話を聞くのも戦後の混乱した社会情勢を知るには参考になる、と私は思って訪ねてみることにした。初めて訪ねるので、手土産に米を持たされての訪問である。初対面の挨拶をして用件を話すと、親戚でもあり快く聞き届けてもらうことができた。

「それじゃ、服地でもやってみますか？」

「今時、純毛製品は貴重品で、持っていけば幾らでもこちらの言い値で売れるから、まず、

その程度のことから始めればそんなに経験はなくてもやれますよ！」

「東京辺りへ持っていけば、間違いなくすぐ売れるから……。今時純毛といえば高嶺の花で、なかなか手に入らない品だから」

「分かりました。それじゃ東京には私の友達がいますので、一度問い合わせてみて、またやってきますから、その時は宜しくお願いします」

今になって考えると、その頃のヤミ屋である。このように、純毛の服地で商いをしてみてはと勧められ、その日は一旦帰ったのである。

新京での抑留生活の時、留用になっていない日本人たちが食べるためにやむを得ずそうした道に入ったのを見てきている。当時、私にはとてもと思っていたが、しかし、背に腹は変えられない。何とかやってみることにした。

幸い東京には親友がいるので、さっそく連絡を取ってみたところ、

「それは今どきいい話だ、是非持ってこい。幾らでも引き受けるから！」

と、大いに歓迎するとの返事。なるほどこうしてみると、余程物がないんだ、ということがようやく私にも分かってきた。今の日本の事情などは知らずに、戦前のことしか、それもまだ困窮していない頃のことしか頭にない私にとっては、驚くばかりであった。

友人は会社勤めをしているので、土曜日に来て日曜日に帰るようにしろと言うので、そのように打ち合わせて上京することにした。

早速、伯父に会い、純毛の洋服地一着分を借り受けることにした。冬物であったが、受け取ってみると、なるほど、私たち素人が触ってみても今までのスフ混とは感触が全く違い、我ながら欲しくなってくるのである。その頃、純毛服地一着一万円前後の値段であった。

そうして、純毛製品の見分け方など、一応服地の取り扱い方を教えてもらい、急造の商人と相成ったのである。しかし、この純毛製品は統制品であるから、見付かったら没収されてしまうので、運ぶのも大変で、結局、危ない橋を渡ることになる。

それで、どうやって運ぼうかと考えてみたが、やはり、身に着けるのが一番いい方法じゃないかと、胴に巻き付け夜行列車で東京まで出掛けた。そうして、朝早く東京に着き、友達の家で私が仮眠していると、その間に友人が現金に替えてきてくれるのである。

この売り上げを清算してみると、仕入れ値を伯父に支払い、乗車賃とか弁当代などを差し引いても二千円余の儲けがあった。この頃の物価では、私たち五人家族がこの儲けで一ケ月の生活ができる程で、なかなか良い商いであった。それで、友人の言うには、

「この布地だったら幾らあってもいいから、もっと持って来いよ！」と、催促が入ったのである。何しろこの頃の純毛服地は言い値で、それこそ奪い合いで売れたものである。しかし、なかなか手に入らない。今度はたまたま親戚ということで手に入れることができたのである。

こんなことは服地ばかりでなく、食料品をはじめとして、すべてがこんなやり方であった。今はやはり、闇屋さんの時代であるようだ。

この闇商売が安定していればだが、これは混乱期のみの商いとみなければならない。そうすると、この仕事では一生の生計は難しいことになる。また、武家の商法ともなって、失敗するのが落ちではないだろうか、などと考え、やはり私には長年やってきたサラリーマンが向いているのではないかとの思いが強くなった。家族四人がおり、それに、子供はもうすぐ就学期を迎える大事な時期なので、私に課せられた責任は重く、安定した生計の道を選ばねばならない。

商いの道も入ってしまえば努力次第で道はひらけるとは思うけれども、私が独り身であればその修業も厭《いと》いはしないが、家族をかかえていてはそんなのんきなことはしておれない。商売は多少の冒険心としたたかさがあれば、この混乱期こそ成功のチャンスかもしれないが、いかにせん、長い間平凡なサラリーマンとして固まっている私では、到底できそうにもなく、また自信もない。友人に相談してみても、彼もまたサラリーマンで私と同意見で、結局、熟慮したつもりが確実な道を選ぶことになってしまったのである。

長い間、国を離れていたので、自分の国でありながら情勢がさっぱり分からない。勤め人になることを選んだものの、さて、どうそのきっかけをつかもうかと、思案にくれた。もっとも引き揚げの時、本社の技師長が私に、

「君は名古屋だそうだが、私は名古屋逓信局にいたから、その時の部下がもう今では相当の地位についているはずだ。帰ったら調べて連絡しなさい。そうしたら紹介してあげるから」

と言われていたが、手っとり早く同級生を訪ねてみることにした。そしてそのつてで履歴書を出し、依頼した。

二週間くらいしてから、呼び出しを受けた。行ってみると、初任給の計算についての説明であった。

「貴方の満州での経験年数は、規程では、三分の一しか含められませんので、それで計算しますと、この給料になりますが、それでよろしければ……」

と、採用の通知を受けた。今の私にその給料が安いのか高いのか、妻子持ちでこんなものなのか、相場というものが全く分からなかった。

しかし、もうここまできたら仕方ない。まぁいいだろうと焦りもあって、承諾するより他なかったのである。いずれにしても職に就くことができ、一安心であった。

職に就き、一応安定したようであるが、占領下で戦後の物不足がひどく、特に食料は配給だけではとても生活できない。それで、生産者は別として、都会生活では闇の物を求めねばならない。衣食の闇の物を買い求めるのに、また一苦労であった。

自分の国へやっと帰って、安堵の気持ちもつかの間、食べるのに困るとは思いもよらなかった。そういえば中国で帰る準備に忙しい頃、親しい中国人が日本の食料事情を話してくれたことがある。

「今日本は食べるのに大変困っている。貴方たちも、もうしばらくこちらにいて、事情が好転してから帰った方がいいよ」

こう言われたことを、今さらながら思い出すのである。私は日本が戦争に入った頃の日本しか頭にはなかったので、そんなことはないだろうと、中国人の忠告など一笑に付し、軽く受け流していたのだった。まさかこんなにひどいとは夢にも思わなかったのである。

私が引き揚げて一宮の生家にたどり着いて間もないある日、東京に住む、妻の兄嫁の生家から突然便りがあった。その内容は、

「食料についてお願いしたいが、米は統制品で買い出しは難しいので、薩摩芋の切り干しでいいから、できるだけたくさん収集してもらえないだろうか。都会では今、食べ物がなくてあらゆる知人を頼りに、買い出しに駆け回っているような毎日なのです。これは、私だけでなく皆さんがそうしているのです。一週間後にお伺いしますからどうか宜しくお願いします」

ざっと、こんな内容であった。突然のこんな便りに、都会ではそんなにまで食料が逼迫《ひっぱく》しているのかと、驚くには驚いたが実感はなかった。引き揚げて田舎にいると、都会の食料事情の実態が理解しにくい。私も帰国したばかりで、ただ漫然と都会では食料が大変であることぐらいの認識しかなかった。

今度の依頼にしても、東京からここまで六、七時間もかかる遠い所なのに、わざわざ買い出しに来るとは……、その窮状が想像される。便りにあった米まではとても応えられないので、芋切り干しだけはなんとか用意しておいた。便りから一週間目に、予定通り、昼過ぎに大きなリュックサックを持ってやってきた。

挨拶もそこそこに、用意しておいた物を溢れるまで詰め込み、それに、両手に提げられる限界一杯に野菜なども一緒にまとめた。

一泊し、ゆっくり休息して明日たつようにすすめ、いろいろ積もる話やら都会の情勢などを聞こうとしたが、先方にも都合があって、早々とtんぼがえりの日帰りで帰って行った。

こんな実状を見て、ようやく食料事情の現実を知ることができ、敗戦後の実態が少しはつかめた。しかし、中国での苦労とは違い、自分の国であるから、苦労の甲斐がある。中国にいた時のような不安に脅える心配はない。

無一物の丸裸同然でやっとたどり着いた母国での新しい人生。いっそ丸裸の方が、過去に煩わされずに良いかも知れないと、そんな強気なことを言ってみても、今は人生も半ばを過ぎての丸裸であるから、これからの一家の生活が容易でないことには間違いない。とにかく引き揚げてきて、終着駅に着き降り立ったのだ。とにかくわき目もふらず働くしかないのだ。泣き言はやめてやるしかないのである。努力すればやがて光も射してこようというもの、勤めに励むことにした。

入社してみて、周囲の情況がしだいに分かってくると、私たち引き揚げ者は時には差別感を味わったりして、これは失敗だったかなと気付いた時には、もう手遅れである。

丸裸で帰国し、衣食住からその上に三児の就学期が迫るなど、逼迫感に追い立てられての就職ではあったが落ち着いて考えると、少し慌てすぎたようで、もっと、あちらこちらの情報をよくつかんでから決断すべきであった……。

著者プロフィール

木村 正則（きむら まさのり）

大正２年４月16日、愛知県一宮市に生まれる。
第二次世界大戦前に満州に渡る。
満州電信電話株式会社・陶頼昭電話中継所所長として勤務。
昭和12年、ヤエと結婚。四女をもうけるが、長女は六歳で病死。
戦争後、愛知県に戻り、日本電信電話公社に再就職。
昭和62年５月、妻の最期を見送る。その後、本書の基となる文章を書きあげる。
平成15年８月13日、90歳で死去。

抑留 ——ソ連（ロシア）占領下の満州での二年間——

2023年１月15日　初版第１刷発行

著　者　木村 正則
発行者　瓜谷 綱延
発行所　株式会社文芸社
〒160-0022　東京都新宿区新宿１－10－１
電話　03-5369-3060（代表）
03-5369-2299（販売）

印刷所　株式会社フクイン

ISBN978-4-286-26065-5